© Kersten Wächtler

AF237577

1

Rhein-Sieg-Kreis Krimi

Mord im Siebengebirge

Der zehnte Fall der Kommissarin Thekla Sommer

© Kersten Wächtler

3

www.rsk-krimi.de

Bibliografische Information der Deutschen Nationalbibliothek:

Die Deutsche Nationalbibliothek verzeichnet diese Publikation in der Deutschen Nationalbibliografie; detaillierte Daten sind im Internet über

http://dnb.dnb.de

abrufbar

1.Auflage

Erschienen 10/2020

Copyright © 2020 Kersten Wächtler

Coverbild: Pixabay

Herstellung und Verlag: BoD – Books on Demand, Norderstedt

ISBN: 9783752643183

4

5

Alle Personen und Tathergänge sind frei erfunden.

Ähnlichkeiten mit lebenden oder toten Personen sind rein zufällig

Als der Morgen dämmerte legte sich der frische Tau auf die Grashalme und auf den Farn des Waldes. Die mühsam über Nacht gewebten Spinnennetze bekamen kleine Wassertropfen, die durch die langsam aufgehende Sonne je nach Sonneneinstrahlung, in Regenbogenfarben glitzerten. In einigen Minuten sollte die Treibjagd beginnen und so bildeten die fünfundzwanzig Jagdtreiber, die aus den rundum liegenden Orten angeworben wurden und diese Tätigkeit teilweise bereits mehrere Jahre ausübten, im Abstand von jeweils etwa zwanzig Metern zueinander, eine lange Menschenkette. Das kleine Wäldchen rund um den Steinbruch Weilberg, einem ehemaligen Basaltsteinbruch nahe dem Ort Heisterbach, sollte umstellt werden, um das Nieder- und Hochwild in die Richtung der Felder zwischen Römlinghoven und Heisterbach und in Richtung Stieldorferhohn, zu treiben. Schon sehr früh waren die Treiber angereist, um sich bereits lange vor Jagdbeginn zunächst mit heißem Tee und Kaffee aufzuwärmen und später dann ihre zuvor abgesprochenen Positionen einzunehmen.

7

Die Jagdgemeinschaft, die der Pächter des Jagdreviers, Herr Professor Niels Höndgen zu dieser Treibjagd eingeladen hatte, bestand insgesamt aus sechs Männern und einer Frau. Es waren alle Honoré Persönlichkeiten aus dem Siebengebirge sowie aus der Umgebung Bonns. Am Rande von Heisterbach am Gubener Weg stellten sie ihre meist hochpreisigen Geländewagen in der Nähe der Pferdepension ab und gingen, ihre Jagdgewehre geschultert, zu den Hochsitzen, die um eine offene Lichtung standen. Nach "Anblasen" der Jagd marschierten die Treiber los, die alle gut erkennbar mit orangen Warnwesten bekleidet waren. Jeder hatte ein bis zwei stabile Stöcke in der Hand und schlug damit fest gegen die Bäume, damit das Wild aufschreckte und die Flucht entgegen der Schlaggeräusche antrat, in Richtung der Waldlichtung, an der die Jäger und somit auch der Tod lauerte. Als nach drei Stunden das Signal zur Beendigung geblasen wurde, waren zahlreiche Tiere geschossen worden. Nachdem die Tiere gesammelt und "ausgeweidet" in einer Reihe pro Wildart unterhalb eines der Hochsitze lagen, wurde das "Halali" zur offiziellen Beendigung der Jagd geblasen.

»Hast Du einen Streifschuss am Kopf abbekommen? Merkst Du gar nichts? « fragte der Rechtsanwalt aus Thomasberg, den neben ihm stehenden Facharzt für Nuklearmedizin aus Bonn.

Erschrocken drehte sich dieser zu dem Fragenden und strich mit der Hand über seine Stirn und den Haaransatz. Als er sich die offene Handfläche anschaute, war diese voller dunklen Blutes. »Aber, - ich spüre nichts von einem Streifschuss. Siehst Du etwas? « Der Mediziner bückte sich mit dem Kopf vor sein Gegenüber.

»Nein«, entgegneter dieser, »aber irgendwoher muss das Blut doch kommen«.

Aus der gebückten Haltung hob er den Oberkörper hoch, um wieder aufrecht zu stehen. Es waren wieder einige dicke Tropfen Blut auf seiner Stirn zu sehen. Der Jäger schaute nach oben, da er sich unter dem Hochsitz befand, unter dem die Tiere aufgereiht lagen. Alle anderen Jagdteilnehmer schauten, durch das Geschehen neugierig geworden, ebenfalls nach oben auf die Unterseite des Hochsitzbodens. Allen stockte nun der Atem. Durch die feinen Ritze der Holzbretter tropfte

9

hervorquellendes Blut. Professor Höndgen, als verantwortlicher Jagdleiter, erklomm den Hochsitz und starrte auf die Leiche eines Jagdfreundes von dem er eigentlich annahm, er sei zu dem am nahegelegenen Waldrand abgestellten Dixiklo gegangen.

Der Mann war rücklings von einem Schuss getroffen worden, dessen Projektil an der Wirbelsäule entlangglitt und den Herzbeutel traf. Deshalb auch die große Blutlache, in der er lag. »Warum hat die Kugel, Dr. Schnösewitz denn von hinten getroffen? « Wir standen doch alle in Schussrichtung zum freien Feld hin«, fragte sich der Professor.

*

»Schatz, bringst Du mir bitte das Tomatenmesser mit?« fragte Thekla Sommer, die Leiterin der Dienstgruppe II, der Mordkommission Siegburg, ihren Lebensgefährten und Kollegen, Robert Hanf, der die Kaffeekanne zurück auf die Heizplatte der Kaffeemaschine stellte. Sie hatten sich an diesem Samstagmorgen zu einem gemeinsamen Frühstück mit Rühreiern, französischem Camembert, den sie in dem

10

kleinen Spezialitätenladen am Siegburger Marktplatz gekauft hatte und Wildschweinpastete am Esstisch des gemieteten Einfamilienhauses in Siegburg-Stallberg, versammelt. Theklas Sohn David, der bei seinem Vater in Siegburg-Kaldauen wohnte, war mit seiner Freundin Jana Kaminski zu dem Frühstück eingeladen worden. Die beiden besuchten das Gymnasium in Siegburg und würden im nächsten Jahr ihr Abitur machen.

»Schön, dass Ihr mal wieder hier seid. Wir sehen Euch viel zu selten«, freute sich Thekla und streichelte dem, neben ihr sitzenden Sohn liebevoll über den Hinterkopf.

»Mama«, wehrte dieser die Hand mit einer wegwischenden Bewegung von seinem Kopf, »was meinst Du wohl, warum ich nicht mehr hier sondern bei Papa wohne? Nicht nur weil Jana«, er schaute seine Freundin liebevoll an, »in der Parallelstraße wohnt, sondern auch weil ich das ewige von Dir "getätschelt" zu werden, leid war«.

Thekla schnitt eines der Brötchen auf, die ihr Sohn am Morgen in der Bäckerei in Kaldauen besorgt hatte. Lächelnd meinte sie: »Ich weiß mein Junge, aber es ist

11

halt so, Du wirst auf ewig mein "Kleiner" bleiben, auch wenn ich einmal im Rentenalter sein werde und Enkelkinder habe«.

»Damit lässt Du uns aber bitte noch etwas Zeit«, schmunzelte Jana, die sich mit Thekla so gut verstand, als sei sie eine "beste Freundin".

Als das Frühstück beendet war und Robert die Beiden an der Haustüre verabschiedet hatte und zu Thekla ins Esszimmer zurückkehrte, die gerade den Tisch abräumte, klingelte Theklas Handy.

»Geh schon ran«, meinte er, als er merkte, dass Thekla ihn nicht alleine abräumen lassen wollte, »ist vielleicht wichtig«.

»Es ist Fred«, meinte sie, bevor sie das Gespräch annahm. Alfred Bollenkamp war der Vorgesetzte aller drei in Siegburg ansässigen Dienstgruppen der Mordkommission.

»Guten Morgen«, grüßte Thekla gut gelaunt, »gibt es Arbeit? « Thekla lauschte ins Telefon. Nach einigen Minuten sagte sie nur: »Gut, alles klar, wir sind schon so gut wie unterwegs«. Sie rief sofort Lisa Drollig und Peter Hanf, die beiden Kollegen ihres Teams an und

12

informierte diese über den neuen Mordfall. »Kommt bitte direkt dorthin. Wir treffen uns diesmal nicht am Präsidium, sondern am Tatort«, sagte sie noch, bevor sie auflegte und sich nun zu Robert umdrehte.

Robert hatte die Spülmaschine eingeräumt und stand bereits in der geöffneten Haustüre, Theklas Jacke und Handtasche in der Hand. Thekla lächelte, holte ihre PPK aus der Schublade des Dielenschranks und ging mit Robert zu ihrem hellgrünen Twingo, dem Wagen, den sie so liebte und jedem gutausgestatteten Dienstwagen, bevorzugte.

»Darf ich auch wissen worum es geht? « fragte er höflich, als sie im Wagen saßen und Thekla startete.

»Schatz, - entschuldige, habe ich jetzt in der Eile total vergessen. In der Nähe von Heisterbach ist ein Mann bei einer Jagd ums Leben gekommen. Die Kollegen der Königswinterer Wache haben uns daher angefordert, da der Mann hinterrücks auf einem Hochsitz erschossen wurde«.

»Mit Schrot? « fragte Robert, »dann ist der aber ganz schön zerlöchert«.

13

»Nein, - wie es hieß, mit einem Schuss aus einem Gewehr mir einem 7,62er Kaliber«.

»Dann kann es kein Querschläger gewesen sein«, murmelte Robert vor sich hin«, als Thekla an der Autobahnauffahrt Lohmar, die A3 in Fahrtrichtung Frankfurt nahm, das Kaliber wird normalerweise nicht zur Jagd genutzt. Jedenfalls nicht zur Tier Jagd«

»Was hast Du da eben in Deinen nicht vorhandenen Bart gemurmelt? « wollte Thekla wissen, die nun bereits das Autobahnkreuz Siegburg hinter sich gelassen hatte und den Twingo stark beschleunigte, damit er die Anhöhe zum Siebengebirge mit einiger Geschwindigkeit schaffte.

»Ist schon gut«, meinte dieser nur und hielt sich an dem Griff oberhalb der Beifahrertüre fest, da er sah, daß Thekla die langgezogene Ausfahrt "Siebengebirge" mit hoher Geschwindigkeit nahm, die gegenüber McDonalds in einen Kreisverkehr mündete.

*

14

Das Garmin Navi 780-LMT D, das über die Möglichkeit einer anschließbaren Rückfahrkamera verfügte, führte Thekla in Heisterbach über die Weilbergstraße in Richtung Ortsausgang. Dort stand hinter den letzten Häusern ein Streifenwagen und der Twingo wurde nach rechts über einen Feldweg in Richtung des kleinen Wäldchen geleitet, an dessen Rand sich noch ein Streifenwagen und bereits der Mercedes-Bus der Spurensicherung, befand. Beim Rangieren des Twingos machte sich die Rückfahrkamera auch bei einem so kleinen Fahrzeug bemerkbar. Auf dem schmalen Feldweg, zwischen den Abflussgräben am Wegesrand, bot sich nicht viel Platz. Dank des übertragenen Bildes auf das Navi, nutzte Thekla jeden Zentimeter des vorhandenen Platzes aus.

»Hier drüben bitte«, rief ein junger Streifenpolizist, dem die Kollegen der Mordkommission angekündigt waren. Er hielt das gespannte rot/weiße Flatterband hoch, so daß die Kommissare sich nicht sehr bücken mussten.

15

Nach etwa vierzig Metern entlang des Waldrands und der angrenzenden Felder, war erneut rot/weißes Flatterband zu sehen. Dies war im Umkreis von zehn Metern gespannt, um den Hochsitz, auf dem sich eine Mitarbeiterin der Rechtsmedizin den Toten ansah. Als sie, ebenfalls wie die anderen Kollegen der Spusi, in einen weißen Einweg Overall gekleidet, zu Thekla kam, meinte sie: »Dr. Wilhelm Steinwitz, vierundvierzig Jahre alt, Schussverletzung in den Rücken. Das Projektil habe ich mit einer Pinzette herausgeholt, es hatte vermutlich das Herz zerrissen, deshalb der massive Blutverlust. Der Todeszeitpunkt passt zu dem der stattgefundenen Jagd. Hier, die Ausweispapiere steckten in der inneren Jackentasche des Toten«. Die Frau übergab seine Brieftasche an Robert, der neben Thekla stand. »Ach ja, - noch etwas. Der Schusskanal verläuft so, dass der Schuss von unten abgegeben wurde. Also nicht waagerecht von einem anderen Hochsitz aus sondern in etwa zehn bis dreißig Metern Entfernung zum Hochsitz«.

16

»Mit welcher Waffe wurde geschossen? « fragte Thekla.

»Hier ist das Projektil«, die Frau hielt die Pinzette hoch, »die Waffe müsst Ihr finden«, meinte sie lächelnd.

»Wo sind die anderen Jagdteilnehmer«, fragte Robert noch schnell, ehe die Frau wieder an ihre Arbeit ging.

»Ich habe ihnen gesagt, dass sie dort drüben am Wegesrand auf Euch warten sollen«, meinte die Kollegin der Spusi, die zu dem nächsten in Richtung Stieldorferhohn gelegenen Feldweg zeigte.

Von der rechten Seite her, am Waldrand entlang, kamen nun auch Lisa Drollig und Peter Ludwig, angestapft.

»Ich musste dort hinten auf dem "Parkplatz Weilberg", an der Dollendorfer Straße parken. Hier auf den Feldwegen ist ja kein Durchkommen, vom Wenden ganz zu schweigen«, meinte Lisa entschuldigend.

17

»Wenn man einen Kombi als Dienstwagen fährt, dann nicht«, lachte Thekla, die an ihren kleinen Wagen dachte.

Die Kriminalbeamten gingen nun etwa zwanzig Meter in Richtung der dort wartenden Jäger. Dort angekommen, begann Thekla das Gespräch: »Guten Tag zusammen. Mein Name ist Thekla Sommer, Kriminalpolizei Siegburg. Das hier sind meine Kollegen Hanf, Drollig und Ludwig«, Thekla zeigte der Reihe nach auf die Genannten. »Sie fünf, den Toten inbegriffen, haben hier also eine Jagd abgehalten? Dürfen wir zunächst einmal Ihre Gewehre und ihre Ausweispapiere sehen? «

Die Gewehre wurden alle gesichert und mit dem Lauf nach oben zeigend, den Beamten übergeben. Ebenso nahm Lisa alle Ausweise entgegen und notierte sich die Personalien.

»Nein, es waren sechs Personen, mit mir also sieben, die ich zur heutigen Jagd geladen hatte«, meinte Professor Niels Höndgen. »Ich habe dieses Waldgebiet bereits seit über zehn Jahren gepachtet«.

18

»Und wo sind die anderen Zwei? « fragte Thekla erstaunt.

»Franz Kuhl und Susanne Thiel sind unterwegs zu meinem Hof unterhalb des Petersberg. Sie bringen das geschossene und ausgenommene Wild ins Kühlhaus. Auch bei der Jagd muss veterinärtechnisch die Kühlung, nach Erlegung des Wildes, stimmen. Sie wollten aber anschließend wieder herkommen, um als eventuelle Zeugen zur Verfügung zu stehen«.

In der Ferne hörte man das dumpfe Brummen eines großmotorigen Geländewagens. Robert drehte sich um und blickte auf einen Range Rover, der gelassen den Feldweg verließ und über die hügelige Weide zwischen dem Wald und dem Standort der Kommissare fuhr.

»Wie jetzt? « fragte Thekla, »Es ist verboten so einfach querfeldein zu fahren«.

»Die dürfen das«, meinte Herr Höndgen, »das ist von mir gepachteter Privatbesitz. Das sind die Beiden, die bei der Jagd auch dabei waren«.

Thekla stellte sich und die anderen vor, als die Beiden aus dem Wagen gestiegen waren. »Wir bräuchten bitte noch die Waffen, mit denen Sie hier an

19

der Jagd teilgenommen haben - und ihre Ausweispapiere«.

Wieder an den Jagdpächter gewandt meinte sie: »Das sind jetzt alle an der Jagd Beteiligten? »

Herr Professor Höndgen schüttelte den Kopf, »zu dieser Treibjagd gehörten auch noch fünfundzwanzig Treiber, die ich allerdings alle nach Hause geschickt habe«.

»Wie? Nach Hause geschickt? Es handelt sich hier um einen Mordfall, nicht um einen Wildunfall«, sagte Thekla recht laut.

Ebenso laut antwortete der Mann: »Hören Sie mal, die bekommen von mir zwölf Euro die Stunde. Das sind insgesamt dreihundert Euro pro Stunde. Wer ersetzt mir das Geld? «

Thekla drehte sich zu Peter Ludwig und meinte, »Lass Dir alle Namen und Anschriften der Treiber geben« und zu Robert gewandt fügte sie hinzu »Das wird wieder viel Arbeit geben«.

*

20

Im Siegburger Polizeipräsidium auf der Frankfurter Straße, traf sich Thekla wie jeden Abend, wenn sie einen Fall bearbeiteten, zur Fallbesprechung. Thekla legte Wert darauf, dass jeder am Fall beteiligte Ermittler auf dem gleichen Stand, wie der andere war. Bei diesen Besprechungen war auch immer Sybille Salz, die viele Jahre aktive Kommissar Kollegin Theklas, anwesend, die sich nach einem Unfall in den Innendienst versetzen ließ. Sybille Salz erwies sich nicht nur als feinsinnige Ermittlerin im Außeneinsatz, sondern auch als "gute Seele" im Innendienst und mit stetem Überblick für die richtigen Recherchearbeiten im Internet.

»Morgen beginnst Du Sybille damit, die Liste der Treiber durchzugehen und zu sondieren, wer von denen schon mal polizeilich aufgefallen ist. Ich möchte ziemlich alles wissen, ob verheiratet, wo wer arbeitet, ob eine besondere Beziehung zu dem Toten bestand«, begann Thekla.

Sybille nickte, nachdem sie alles notiert hatte.

»Lisa, - Du kümmerst Dich bitte um Franz Kuhl und Susanne Thiel, die als wir ankamen nicht anwesend

21

waren, da sie angeblich das geschossene Wild versorgen mussten. Wie gut kannten sie den Toten? Gab es irgendwelche, vielleicht berufliche Schnittpunkte. Als Inhaber einer Wirtschaftsprüferkanzlei hatte Herr Schnösewitz vielleicht einmal unschöne Geschäfte aufgedeckt?«

»Soll ich denn schon Akten beschlagnahmen?« fragte Lisa, die übereifrig agieren wollte.

»Erst mal bitte nur Euren kriminalistischen Spürsinn einschalten und auf Feinheiten achten«, antwortete Thekla.

»Wir zwei«, dabei schaute sie Robert an, »werden uns den Jagdpächter und Veranstalter der Jagd, Professor Niels Höndgen, einmal genauer ansehen. Womit verdient er sein Geld? Wie steht er zu all den Jagdfreunden? Anschließend kümmern wir uns um das Umfeld des Toten. Wie stand es um die Familie? Hatte er Feinde? Wie war die Verbindung zu dem Professor?«

22

»Peter, Du nimmst Dir bitte die anderen Jäger vor, die auch an der Jagd teilgenommen hatten. Auch hier geht es darum, in welchem Verhältnis sie zu dem Toten standen und ob es irgendwelche, vielleicht feindselige, Verwicklungen gab«.

Alle notierten sich stichpunktartig die verteilten Aufgaben. Auch Robert schrieb hastig, obwohl man seine Handschrift dann nicht mehr lesen konnte, mit.

»Also, - es gibt viel zu tun. Erholt Euch gut, - bis morgen«, schloss Thekla die Besprechungsrunde.

*

Thekla entschloss sich, als sie mit Robert zu Hause angekommen war, sich schnell umzuziehen und ihre inzwischen jeden Abend stattfindenden Laufübungen durch den am Stallberg angrenzenden Wald, in Richtung Lohmar zu beginnen. Für das Kick-Box Training war es heute zu spät. Sie hatte dieses begonnen, da sie vom Polizeipräsidenten für eine Ausschreibung des BKA empfohlen wurde. Das BKA beabsichtigte im gesamten Bundesgebiet zwei Leute für jedes Bundesland, eine Spezialeinheit zu installieren, zu

23

der nur sehr erfahrene Beamte berufen werden sollten. Thekla hatte die Aufnahmeprüfungen und das Auswahlverfahren fast bestanden und wartete darauf, wie es weitergehen würde. Sie wusste, sollte sie zu dem ausgesuchten Kreis gehören, müsse sie eine vierwöchige Spezialausbildung bei der GSG9 in Sankt Augustin durchlaufen. Dafür wollte sie fit genug sein.

*

Als am nächsten Morgen der Wecker klingelte, stand Robert schon unter der Dusche. Als Thekla ins Bad kam, war er schon fertig mit allem und ging hinunter in die Küche, um sich und seiner Liebsten das Frühstück zu bereiten. Es sollte biologisches Vollkornmüsli mit Hafermilch oder wahlweise, Vollkornbrot mit Aufschnitt oder aber mit Quark und Marmelade, geben.

Frisch gestärkt verließen sie etwa dreißig Minuten später das Haus, um die besprochenen Aufgaben zu erledigen.

*

24

Sybille Salz, die "gute Seele" im Innendienst hatte einen anstrengenden Tag vor sich. Sie hatte die Namen der angeheuerten Wildtreiber bereits alle im Polizeicomputer eingetragen und startete nun die Abfrage, ob diese bereits irgendwie einmal aufgefallen waren? Die restliche Zeit des Tages verbrachte sie damit, sich die Lebensläufe und soweit möglich, deren Gewohnheiten anhand von Account Facebook, Twitter oder Instagram, durchzuschauen. Die Recherchen brachten am Ende des Tages einige Auffälligkeiten wegen kleiner Prügeleien, Ruhestörungen oder Geschwindigkeitsüberschreitungen. Ansonsten waren es rechtschaffene Leute, die im Nebenerwerb noch ihre eigenen Bauernhöfe bewirtschafteten. Anhand der vorherrschenden Lage in der Gesamtwirtschaft, hatten sie zum Teil ihre Arbeitsplätze verloren und sich mit Gelegenheitsjobs über Wasser gehalten oder aber unter ihnen waren Hartz-IV-Empfänger. Bei keinem von ihnen war augenscheinlich eine Verbindung zu dem Toten erkennbar. "Noch nicht erkennbar", relativierte Sybille ihre eigene Recherche.

Lisa Drollig fuhr zunächst zu Herrn Franz Kuhl, den man auch den "kuhlen Franz" nannte. Er hatte im Herzen von Königswinter eine gutgehende Metzgerei. Als Schlachtermeister, besaß er bis vor zwei Jahren vor den Toren Bonns einen recht großen Zerlegebetrieb, der Schlachtvieh aus dem gesamten Rhein-Sieg-Kreis zerlegte und in Kühltransportern bundesweit belieferte. Der Witschaftsprüfer und am gestrigen Tag ums Leben gekommene, Dr. Wilhelm Schnösewitz, hatte bei einer durch Herrn Kuhl selber veranlassten Prüfung seines Betriebes herausgefunden, dass der Betrieb eigentlich bereits seit einem Jahr zahlungsunfähig sei. Er riet dem "kuhlen Franz" dazu, schnellstmöglich mit diesem Betrieb Insolvenz anzumelden, um nicht wegen Insolvenzverschleppung angezeigt zu werden. Somit könne er die Metzgerei, die ihm jetzt noch geblieben war, als eigenständigen Betrieb aus der Insolvenz heraushalten.

»Sagen Sie, Herr Kuhl, hatten Sie dann nicht ein faustdickes Motiv für einen Mord? « fragte Lisa, »schließlich hatte Herr Schnösewitz Ihre Existenz, wegen des Zerlegebetriebes zerstört«

26

»Ich muss zugeben, dass ich ihm in den ersten Monaten öfters den Tod gewünscht habe, doch war ich es ja selber, der um die Prüfung des Betriebes gebeten hatte. Ich wollte großflächig erweitern und von der Bank eine Millionensumme bekommen. Die Banker aber wollten eine Gesamtanalyse der Firma, durch einen anerkannten Wirtschaftsprüfer, also war ich es selber, wie ich dann auch nach Monaten eingestehen musste, den Untergang des Betriebes einläutete«, gab der Befragte an.

»Woher kannten Sie denn Herrn Schnösewitz? « wollte Lisa wissen.

»Ach wissen Sie? « lächelte Herr Kuhn überlegen, »wenn man einen großen mittelständischen Betrieb hat, spielt man in einer gewissen Liga. Man schwimmt noch nicht mit den ganz großen Haien, - aber man kennt sich untereinander von Empfängen, Matineen und gehobenen Veranstaltungen«

»Du Schnösel«, dachte Lisa, lächelte ihr Gegenüber aber dennoch an. »Und jetzt spielen Sie in der untersten Liga?« gab Lisa eine "spitze" Bemerkung von sich, die sie aber einfach nicht unterdrücken wollte.

27

»Hören Sie mal«, keifte der bullige Mann nun los, »ich bin leidenschaftlicher Jäger und werde zu den Jagden hier im Siebengebirge eingeladen, weil ich die Tiere an Ort und Stelle fachmännisch zerlege und den Abtransport der Innereien sowie den Transport des Fleisches in die entsprechende Kühlung verantworte. Sie wollen mich doch jetzt sicher nicht in eine Ecke drängen, dass ich hier den Ruf eines möglichen Mörders an dem "Zahlenfuzzi" angehängt bekomme? Gehen Sie lieber mal in die Kanzlei des Mannes. Da gibt es genug andere, die einen wirklichen Grund haben. Fragen Sie mal die weiblichen Beschäftigten. So, - und jetzt raus hier. Die Befragung ist beendet oder haben Sie eine Anordnung eines dringenden Tatverdachtes und ein Verhör durchzuführen? «

Lisa schüttelte den Kopf, drehte sich in dem Büro des Metzgermeisters um und verließ den Mann mit den Worten: »Tschüss Herr Kuhl, - ich denke, man wird sich wiedersehen«. Dann schloss Lisa die Türe hinter sich.

Als nächstes sollte Lisa zu Frau Susanne Thiel nach Aegidienberg. Außer der Adresse hatte sie keine weitere Information zu der Frau. Lisa befuhr also die

28

B42 in Richtung Neuwied, nahm die Ausfahrt "Bad Honnef" und fuhr dann die sehr kurvige Schmelztalstraße hinauf, die seit Jahrzehnten so manchem freizügigen Paar durchaus bekannt zu sein schien. In Aegidienberg-Rottbitze angekommen, musste Lisa die Ampelkreuzung überqueren und kam dann in den Redderscheider Weg, an dem sich kurz vor der Landesgrenze zu Rheinland Pfalz, auf der linken Seite, ein von alten Bäumen umrandetes Anwesen befand, welches an eine romanische Villa erinnerte. Ein großes schmiedeeisernes Tor gab den Weg über eine mit Kieselsteinen belegte Auffahrt, die sich vor dem Anwesen um ein reichlich bepflanztes rundes Beet schmiegte.

Lisa wurde bei all dem Prunk ein wenig neidisch, dachte sie doch gerade an ihre Zweizimmerwohnung im Siegburger Stadtteil "Zange". Sie hielt den Dienstwagen vor der pompösen Treppe und stieg hinauf. Neben der großen hölzernen Eingangstür hing ein erhabenes Bronzeschild mit der Inschrift "Konsul Hendrik Thiel". Sie war sehr erstaunt, dass Frau Thiel und nicht ein Dienstmädchen die Türe öffnete.

29

»Guten Tag Frau Thiel, Lisa Drollig«, Lisa hielt ihren Dienstausweis hoch, »Kripo Siegburg. Wir haben uns gestern auf dem Feld bei Heisterbach bereits kurz kennengelernt«.

»Ach ja, ich erinnere mich. Was wünschen Sie? « meinte die versnobt wirkende Mittdreißigerin.

»Ich habe da noch einige Fragen an Sie, wegen des gestrigen Vorfalls. Haben Sie etwas Zeit? «

Seufzend schaute Frau Thiel auf ihre Cartieruhr. Dann meinte sie, tief einatmend, »Na gut, wenn es unbedingt sein muss, aber nicht lange«. Sie öffnete die Haustüre nun weit mit den Worten »Kommen Sie rein, aber vorsichtig, - das hier ist Echtholz-Tafelparkett aus den vierziger Jahren. Mein Mann ist sehr stolz darauf und sehr penibel«.

»Ist Ihr Mann auch da? « wollte Lisa wissen, denn sie hätte gerne den Mann kennengelernt, dem dies hier alles gehörte.

»Nein, mein Mann ist auf unserem Anwesen in Argentinien. Er überwacht im Sommer dort immer unsere Plantagen«, gab Frau Thiel ziemlich überheblich von sich.

30

»Und Sie gehen derweil hier mit anderen Männern auf die Jagd? « fragte Lisa, der Zweideutigkeit ihrer Frage durchaus bewusst. Lisa sah auf ein recht großes Portrait eines älteren Herrn, in Öl gemalt. Sie wollte nun freundlich sein und fragte: »Ihr Schwiegervater? «

»Was erlauben Sie sich? « ereiferte sich Frau Thiel, wobei sich ihre Stimme fast überschlug, »das ist mein Mann«.

»Oh Verzeihung, - ich wollte Sie nicht kränken, lediglich freundliche Höflichkeit zeigen«, meinte Lisa. Dabei dachte sie jedoch das genaue Gegenteil. Der Mann auf dem Bild war mindestens Mitte Sechzig. Die Frau die vor Lisa stand, war laut ihres Geburtsdatums, das Lisa am Vortag von dem Personalausweis notiert hatte, vierunddreißig Jahre alt. »Darf ich fragen, was Sie beruflich machen? «

»Ach Gott, nicht gewöhnlich werden«, sagte Frau Thiel nun spöttisch, »Ich war Leiterin der Deutschen Dependance, einer Internationalen Modezeitschrift in Frankfurt, die Sie wahrscheinlich noch nicht gelesen haben«.

31

Lisa stellte sich gerade vor, wie breitbeinig Frau Thiel diesen Job wohl bekommen hatte. Sie fing herzhaft an zu lachen. »Ich lache nicht über Sie, sondern darüber, dass sie Recht haben. Ich lese nur die Modemagazine, die mir kostenlos in den Briefkasten gesteckt werden« meinte sie, als sie sich wieder gefangen hatte.

»Sie sind Jägerin? « fragte Lisa naiv, »mit einem Jagdschein? «

»Natürlich mit einem Jagdschein. Meinen Sie, ich würde ohne diesen zu solchen Events eingeladen? «

»Wie kann man eine Jagd nur als Event bezeichnen, dachte Lisa angewidert.

»Kannten Sie den Toten«, brachte Lisa ihre Befragung dahin, wo sie diese eigentlich haben wollte.

»Wir sind uns zwei, drei Mal begegnet«, meinte Frau Thiel, »das erste Mal waren mein Mann und ich bei einer Ausstellung in der Bundeskunsthalle eingeladen. Dort war auch Herr Schnösewitz. Wir waren dann an der Bar noch etwas trinken und es stellte sich ein gemeinsames Hobby zwischen den Männern heraus, dass beide gerne zur Jagd gingen«.

»Kann ich daraus schließen, dass Sie damals noch keinen Jagdschein hatten, weil Sie von einem Hobby der Männer sprachen? « fragte Lisa, die sehr genau zugehört hatte.

Frau Thiel überlegte kurz, dann meinte sie: »Richtig, erst kurze Zeit später machte ich dann auch meinen Schein«.

»...um mit Ihrem Mann zu jagen, der doch eine große Zeit des Jahres in Argentinien weilt oder um hier am gesellschaftlichen Leben, insbesondere mit dem nun kennengelernten Herrn Schnösewitz, teilzunehmen? «

Frau Thiel musste einige Zeit nachdenken, bis sie den Sinn hinter dieser Frage erkannte. Sie schaute wieder auf ihre Armbanduhr und meinte kurzerhand: »Die Zeit ist um. Nun muss ich mich dringend anderen Angelegenheiten widmen. Gehen Sie bitte«. Die Hausherrin öffnete die große eichene Holztüre. Als Lisa auf der obersten Stufe stand und sich umdrehte, um sich zu verabschieden, hatte die Frau die Türe bereits wieder geschlossen.

*

Peter Lay saß mit seiner Freundin, Doris Kaminski, die er als selbständiger Malermeister bei einem seiner Aufträge kennengelernt und wegen der er seine langjährige Lebensgefährtin, Thekla Sommer, verlassen hatte. Das David Sommer, sein leiblicher Sohn, bei seiner Mutter ausgezogen war und nun seit längerem bei ihm, in dem gemieteten Haus in Kaldauen wohnte, freute ihn sehr. Es zeigte, dass David großes Vertrauen in ihn hatte. David hatte damals mit seinem Vater und Doris Kaminski den Geburtstag des Vaters gefeiert, wobei er die ebenfalls anwesende Tochter von Doris, Jana kennenlernte. Da sie beide auf das gleiche Gymnasium gingen, entwickelte sich eine Teenagerliebe, aus der recht schnell ein Liebesverhältnis entstand und die beiden seit fast einem Jahr fest zusammen waren. Peter besprach mit Doris, dass sie am Ende des Jahres gerne in die österreichischen Alpen fahren würden, um dort Weihnachten und Sylvester auf einer Skihütte, zu verbringen. Sie wollten ihren beiden Kindern ermöglichen, mit ihnen zu fahren, sozusagen als gemeinsames Weihnachtsgeschenk. Sie überlegten, wann sie diese Überraschung den beiden beibringen

34

sollten, schließlich war die Skihütte ein beliebter Treffpunkt zum Jahreswechsel und man müsse bereits jetzt die Zimmer buchen. Doris goss Peter und sich gerade Wein nach, als sie die Haustüre hörten, die sich leise schloss. Ein heiteres Kichern von Jana ließ erahnen, dass sie nicht alleine war.

»Hallo Ihr zwei«, rief Doris, »könnt Ihr mal bitte ins Wohnzimmer kommen? «

Erstaunt darüber, dass ihre Mutter bei Davids Vater war, betraten die beiden das Wohnzimmer.

»Was machst Du denn schon wieder hier? « fragte Jana, »schließlich warst Du doch erst gestern hier und in Eurem Alter …«

»Hoppla Mädchen, ganz dünnes Eis. Wir sind schließlich genauso verliebt wie Ihr zwei«, dabei zeigte Doris, die auf der Couch neben Peter saß, mit dem Zeigefinger ihrer rechten Hand, abwechselnd auf Jana und David.

»Ja, aber trotzdem,- ich dachte immer, ab einem gewissen Alter hockt man nicht mehr ständig zusammen«, gab Lisa schnippisch zur Antwort.

35

»Na ja, wenn das so ist«, begann Peter nun einen Satz, den Doris vollendete,

»dann brauchen wir Euch ja auch nicht zu fragen, ob Ihr für Weihnachten an Sylvester schon etwas vorhabt. Wir hätten Euch nämlich gerne nach Österreich eingeladen«. Freudestrahlend erwartete Janas Mutter nun, dass die Beiden vor Freude springen und sich von Herzen dafür bedanken würden.

»Nee«, meinte Jana, »lass mal stecken, denn dann hocken wir ja schon wieder die ganze Zeit mit Euch zusammen«.

Mit großen und verwunderten Augen nahmen Doris und Peter die Absage zur Kenntnis.

»Außerdem hat uns Mama schon gefragt, ob wir mit ihr und Robert zu dem Silvesterball ins "Kranz Parkhotel" am Siegburger Michaelsberg gehen wollen. Da haben wir natürlich zugesagt. Da ist bestimmt voll Action«, meinte David.

Doris nahm ihr Weinglas vom Tisch, lehnte sich an Peter und meinte zu ihm, bevor sie trank, »irgendwann machen die Kinder einfach was sie wollen. Da ist nichts mehr mit gemeinsamen Planungen«.

36

*

Während Thekla an der Türe einer Villa aus der Gründerzeit in Bonn-Rüngsdorf klingelte, ahnte sie nicht, dass sich ihr Sohn und dessen Freundin soeben für eine gemeinsame Silvesterfeier, ausgesprochen hatten. Hier in der bevorzugten Wohngegend der Bonner Geschäftsleute, hatte Dr. Wilhelm Schnösewitz, dieses schöne Haus für sich, seine Frau und die beiden Kinder gekauft. Seine Kanzlei auf der anderen Seite des Rheins in Rhöndorf, schien recht guten Gewinn abzuwerfen, so machte es jedenfalls den Eindruck. Ein vielleicht zwölfjähriger Junge, leger aber teuer gekleidet und mit blonder Scheitelfrisur, öffnete die Türe.

»Guten Tag«, begrüßte ihn Thekla, »ist Deine Mutter zu Hause? Wir sind von der Polizei«.

Der Junge nickte, trat zwei Schritte zurück, wobei er die Türe öffnete und meinte: »Kommen Sie bitte rein. Mama sitzt im Wohnzimmer mit meiner kleinen Schwester. Die beiden sind nur noch am weinen«.

37

Er führte die beiden Kriminalisten durch den etwas verwinkelten Flur, vorbei an der Küche und dem angrenzenden Esszimmer ins große Wohnzimmer, das mit altenglischen Möbeln ausgestattet war. Frau Schnösewitz saß mit ihrer etwa achtjährigen Tochter auf einem rotbraunen Ledersofa aus Büffelleder.

»Entschuldigung«, meinte Thekla, da die Frau immer noch heftig weinte, »wir sind von der Siegburger Kriminalpolizei«.

Frau Thiel schaute auf, nickte und zeigte auf ein ebenfalls mit rotbraunem Leder bezogene Chaiselongue, die gegenüber dem Tisch lag, der beides räumlich voneinander trennte.

»Nehmen Sie bitte Platz. Was kann ich für Sie tun? Haben Sie neue Erkenntnisse zu dem Unfall? « meinte sie.

»Frau Thiel, ist es vielleicht möglich, dass wir ohne die Kinder weiterreden? « fragte Robert.

Die Angesprochene nahm ihre Kinder rechts und links in den Arm. »Sie sind jetzt das einzige was ich habe und ich mache nichts mehr ohne die Beiden. Reden Sie bitte weiter«.

38

»Wir haben Grund zu der Annahme, dass es sich nicht um einen Unfall handelte«, meinte Thekla vorsichtig, »hatte Ihr Mann Feinde? «

Ein erneuter Weinkrampf überfiel die Witwe.

»Er hatte keine Feinde«, sagte Frau Thiel, als sie sich wieder etwas gefangen hatte. Er hatte in seiner Kanzlei einige Mitbewerber aus Köln und Waldbröl, mit denen er eine richterliche Auseinandersetzung wegen Mandantenabwerbung hatte, - aber Feinde? « Sie schüttelte den Kopf, meinte aber noch: »Doch, warten Sie,- da ist dieser Metzger aus Königswinter. Dort hatte mein Mann einen Betriebsprüfungstermin in der Nähe von Sankt Augustin oder Hennef, in einem Zerlegebetrieb, soweit ich mich erinnere. Jedenfalls gehörte dieser Betrieb auch diesem Metzger. Die Prüfung hatte ergeben, dass der Betrieb eigentlich Insolvenz anmelden musste. Mit diesem Gutachten hatte der Mann für eine geplante Betriebserweiterung, bei seiner Bank kein Geld mehr bekommen. Ich vermute, deswegen hatte der Mann in meinem Beisein, meinem Mann gedroht, "das würde ihm nochmal Leid tun und er solle am besten nachts aufpassen, wo er herginge«.

39

»Ihr Mann wurde so massiv bedroht? « fragte Thekla nach.

Die Witwe nickte rasch und verfiel wieder einem Weinkrampf. Die rechts von der Frau sitzende Tochter schmiegte sich ganz eng an ihre Mama und schaute sie traurig an. Der links von der Mutter sitzende Sohn streichelte ihren Kopf und meinte: »Du arme Mama, zuerst weinst Du monatelang wegen Papa und jetzt weinst Du, weil er nicht mehr da ist«.

Thekla schaute Robert an. Hatte sie da richtig gehört? Hatten die Eheleute so heftigen Streit, dass die Frau monatelang weinen musste?

»Haben wir das gerade richtig gehört«, wurde Frau Schnösewitz nun von Robert gefragt, »Sie haben monatelang wegen Ihres Mannes geweint? Hatten Sie Streit? «

Die Frau schüttelte heftig den Kopf und meinte: »Nein, da war nichts«.

»Ein "nichts" wäre ihren Kindern sicherlich nicht aufgefallen. Hier muss es um mehr gehen, dass selbst Ihre Kinder sich anscheinend Gedanken darum gemacht

40

haben«, fuhr Thekla, die sich nun langsam beruhigende Frau an.

»Ich hatte so ein Gefühl, als ob mein Mann eine andere Frau kennengelernt hätte. Kein liebes Wort mehr, keine Umarmung und auch kein ...«. Frau Schnösewitz unterbrach den Satz, schaute zu ihrer Tochter, zu ihrem Sohn und dann Thekla in die Augen.

Diese verstand, dass die Frau über dieses Thema nun doch nicht vor ihren Kindern sprechen wollte. Thekla und Robert standen von dem edlen Sitzmöbel auf, verabschiedeten sich und gingen wieder in Begleitung des braven Jungen zum Ausgang. Kurz bevor die Türe von innen geschlossen wurde, rief Thekla noch in Richtung Wohnzimmer: »Wir melden uns das nächste Mal vorher an«. Vielleicht könnte man die Kinder dann vorsorglich zum Spielen schicken, dachte Thekla.

Wieder im Wagen sitzend, meinte Robert: »Sieh an, der Metzger aus Königswinter. War der nicht auch bei der Jagd dabei? «

Thekla nickte. »Zudem ist Lisa heute unterwegs gewesen. Mal sehen was sie uns nachher in der Fallbesprechung über diesen Mann erzählen kann«.

41

Im Berufsverkehr kamen die Beiden, bereits auf der Bonner "Südbrücke", nur langsam voran. Der zähfließende Verkehr löste sich auf der A59 erst hinter dem Autobahndreieck Beuel langsam auf. So konnte Thekla die abendliche Dienstbesprechung im Präsidium, noch zeitig eröffnen.

*

Sybille berichtete an dem ovalen Tisch des Besprechungszimmers, an dem jetzt alle saßen, dass die Überprüfung der Treiber keine nennenswerten Ergebnisse brachte. Der Abgleich mit verschiedenen polizeilichen Datenbanken hatte ergeben, dass drei der Personen, Punkte in Flensburg hatten, einige hatten Anzeigen wegen Ruhestörung und andere wegen Beleidigungen erhalten. Einer der Männer war wegen versuchter sexueller Nötigung angezeigt worden aber die Anzeige sei nach einigen Tagen zurückgenommen worden. Zu dem Toten waren keinerlei private oder berufliche Verbindungen verzeichnet gewesen. Außerdem hatte die kriminaltechnische Untersuchung, der von den Jägern sichergestellten Waffen ergeben, dass aus keiner der Waffen, der tödliche Schuss abgegeben wurde. Vier der Gewehre waren sogenannte

42

"Flinten" aus denen Schrotpatronen abgefeuert werden. Diese wurden sowieso von vornherein ausgeschlossen. Die beim Opfer gefundene Waffe, die unter seinem Körper lag, wurde nicht untersucht. Die beiden anderen Gewehre waren "Büchsen", aus denen Projektile abgeschossen werden. Bei einem Vergleich, der im hausinternen Schießstand abgefeuerten Projektile, wurde allerdings unter dem Mikroskop zweifelsfrei festgestellt, dass aus keiner dieser Waffen, das tödliche Projektil abgefeuert wurde.

»Dann müssen wir morgen mit einer Hundertschaft, das ganze Waldgebiet rund um den "Steinbruch Weilberg", absuchen. Wir müssen die Waffe finden«, ordnete Thekla an. »Da sich keine rechtswidrigen Hinweise auf die Treiber ergeben haben, werden wir nun doch jeden einzelnen befragen müssen, ob er den Toten gekannt hatte. Das dürfte für zwei Leute von uns etwa einen Tag Arbeit bedeuten. Lisa und Peter, - übernehmt Ihr das bitte? «

Die beiden Angesprochenen schauten sich gegenseitig an und nickten dann gleichzeitig. Auch wenn Thekla ihre Einteilung stets freundlich als Frage

43

formulierte, waren es immerhin Anweisungen einer Vorgesetzten.

Peter berichtete, dass es seine Aufgabe war, das Verhältnis der anderen Jäger zu Herrn Dr. Wilhelm Schnösewitz, zu untersuchen. Dabei hatte sich herausgestellt, dass neben Herrn Franz Kuhl, dem Inhaber einer Metzgerei in Königswinter, zwei weitere Unternehmer, die Dienste von dem Toten in Anspruch genommen hatten. Ein Waldemar Döring, Inhaber einer Buchhandlung aus Bonn, hatte der Kanzlei des Toten alle seine steuerlichen Angelegenheiten überlassen. Es sei allerdings nie, außer den manchmal bemängelten hohen Beratungskosten, zu Reklamationen der Arbeitsleistung gekommen. Ein weiterer Jäger, Rechtsanwalt Rolf Müller, ebenfalls aus Bonn, war einmal mit dem Toten vor Gericht. Er hatte einen Mandanten in einem Prozess vertreten, der sich von dem Toten betrogen gefühlt hatte. Es ging damals um das Haus, in dem Dr. Schnösewitz mit seiner Familie wohnte. Angeblich ging es um Mängel, die erst nach Einzug festgestellt wurden und dem Verkäufer damals zugeordnet wurden. Ein Teil des damals vereinbarten Kaufpreises wurde daraufhin zurückgehalten.

44

»Also nirgendwo ein Motiv erkennbar? « fragte Thekla.

Peter schüttelte den Kopf.

»Wie war es bei Dir Lisa? Hast Du irgendetwas Brauchbares ermittelt? « meinte Thekla, die Lisa anschaute, die rechts neben ihr saß.

»Kann man so sagen«, begann Lisa ihre Ausführungen, »zunächst war ich bei der einzigen Jägerin, die bei der Jagd dabei war, Frau Susanne Thiel. Sie bewohnt ein hochherrschaftliches Haus in Rottbitze, das ihrem Mann, Konsul Hendrik Thiel, gehört. Frau Thiel ist dreiunddreißig Jahre jünger als ihr Mann. Sie wirkt auf mich sehr versnobt und elitär. Ihr Mann verbringt die meiste Zeit des Jahres auf seinen Gütern in Übersee, wobei sich seine Frau dann hier vergnügt. Ihren Jagdschein hatte sie erst vor kurzem gemacht. Sie geht auf Empfänge und Vernissagen, nach dem Motto "sehen und gesehen werden".

»Wieso begleitet sie denn ihren Mann nicht auf den Reisen? « fragte Thekla.

45

»Das hat sie mir nicht gesagt«, meinte Lisa Drollig, »meines Erachtens aber ist es so, dass die Frau hier ein wohlhabendes Leben ohne eheliche Verpflichtungen genießen will. Nebenbei bemerkt, kann ich das aber auch verstehen, - bei schätzungsweise dreiunddreißig Jahren Altersunterschied ist ja wohl zu erahnen, dass es hier nur ums Geld und Ansehen geht«, fügte Lisa ihren Ausführungen hinzu.

»Nun ja Lisa, dass sind subjektive Beurteilungen aber auch ich habe manchmal so ein Gefühl im Bauch, welches mich sehr oft auf eine Spur bringt. Siehst Du da irgendeine Verbindung zu dem Tod des Herrn Schnösewitz? «

Lisa schaute Thekla an. Man sah ihr an, dass sie überlegte, denn sie zog eine Schnute wie ein trotziges Kind, das keine Süßigkeiten bekommt. Dann schüttelte sie den Kopf. »Nein, ich denke nicht«, meinte sie, »anders als bei Herrn Franz Kuhl, dem Inhaber der Metzgerei, den Peter in seinen Ausführungen schon erwähnt hatte«.

Lisa erzählte von der Befragung des Herrn Kuhls und dass der tote Dr. Schnösewitz im Auftrag von Kuhl,

46

dessen Zerlegebetrieb für Schlachtvieh, wirtschaftlich überprüfen sollte und Herr Kuhl mit diesem Gutachten bei seiner Bank vorstellig werden sollte, um nach einem Kredit für eine Geschäftserweiterung zu fragen. Lisa berichtete, dass bei der Betriebsprüfung herausgekommen sei, dass der Betrieb rechnerisch insolvent war und die Bank deshalb kein Darlehen mehr gewährte. Der Betrieb musste daraufhin geschlossen werden. Die Angestellten mussten entlassen werden und Herr Kuhl musste Insolvenz anmelden.

»Das wäre ein mögliches Motiv«, meinte Thekla. »Wir werden uns morgen den Mann noch einmal genauer unter die Lupe nehmen. Weiterhin werden wir in die Kanzlei fahren und uns bei den Mitarbeitern nach dem Ruf ihres Chefs erkundigen. Wer übernimmt jetzt die Kanzlei, nach dem Tod des Chefs? Gab es dort Querelen zwischen dem Toten und den Mitarbeitern untereinander?«

Robert hatte alles mitgeschrieben. Es stand aber ganz oben auf der Planungsliste: "Nach Besprechungsende: Currywurst bei Imbiss-Paul in Kaldauen".

47

Thekla beendete die Besprechung mit den Worten: »Also, - morgen in alter Frische wieder hier. Tschüss zusammen«.

*

Lisa hatte dem zärtlichen Bitten Jasmins nachgegeben. Sie hatten sich vor zwei Wochen in einer Szene Bar in der Bonner Altstadt kennengelernt und ihre Telefonnummern ausgetauscht. Nun hatte es Jasmin wahrgemacht und Lisa angerufen.

»Ich habe so heißes Verlangen nach Dir«, hatte sie am Telefon gesagt, »komm doch bitte auf einige Stunden oder vielleicht bis zum Frühstück? «

Lisa setzte sich also ins Auto mit dem Gedanken, höchstens zwei Stunden bei Jasmin zu verbringen. Schließlich war sie müde und hatte morgen einiges in dem neuen Fall zu recherchieren. An der von Jasmin genannten Adresse in Bonn-Beuel angekommen, öffnete diese in einem durchsichtigen, zart rosafarbenen Negligé die Wohnungstüre. Jana öfffnete ihren Mund vor verwunderter Begeisterung und trat in die Wohnung ein. Nachdem die Wohnungstüre geschlossen wurde, küssten sich die Beiden zärtlich und ausdauernd, wobei

48

ihre Zungen langsam und behutsam einander liebkosten.

Erst nach fast zwei Stunden ließen sie auf dem weichen, mit unzähligen Plüschkissen versehenem Bett, wieder voneinander los. Beide Frauen hatten mehrfach der jeweils anderen einen bebenden Körper beschert.

Jana liebte diese Abwechslung in ihrem Privatleben sehr. Waren es doch Frauen, die genau wussten, was Frauen begehren. Nicht so anstrengend, wie es Männer häufig einfordern, sondern behutsam zärtlich und eher auf das genussvolle Empfinden der anderen bedacht, als auf das eigene.

»Oh Mann«, meinte Lisa, »war das schön. Nun muss ich aber los, da ich Morgen einen anstrengenden Arbeitstag vor mir habe«.

»Was machst Du eigentlich beruflich? « fragte Jasmin, der gerade auffiel, dass sie eigentlich recht wenig voneinander wussten.

Jana überlegte kurz. Dann meinte sie »Ich bin Beamtin«.

49

»Dann bleib doch bei mir. Beamte haben doch nicht so einen stressigen Job. Wir könnten dann zusammen frühstücken«.

»Glaub mir, - auch Beamte müssen für ihr Geld arbeiten. Was machst Du eigentlich? «

»Ich studiere im elften Semester Medizin. Mein Vater ist Professor hier an der Bonner Uni. Er sagte mal zu mir, ich könne so lange studieren wie ich wolle, Hauptsache sei, ich würde irgendwann einmal in seine Fußstapfen treten«.

Jana überlegte kurz und kam zu dem Entschluss, dass es sich bei Jasmin wohl um ein verhätscheltes Töchterchen aus gutem Haus handelt. Normalerweise umgab sich Jana nicht mit solchen Menschen, aber im Fall von Jasmin machte sie gerne eine Ausnahme. Sie war im Bett einfach zu zärtlich. Jana wollte Jasmin unbedingt wiedersehen.

*

50

Eine Einsatzhundertschaft der Bundespolizei hatte sich bereits am frühen Morgen in sechs Mannschaftswagen auf den Weg von ihrer Liegenschaft in Swisttal, nach Heisterbach, gemacht. Sie parkten alle auf dem "Parkplatz Weilberg" an der L268 in der Nähe der Klosterruine. Von hier aus gingen sie in kleinen Gruppen zu dem Waldgelände, das den Steinbruch umgab. Der Mord ereignete sich dort in der Nähe. Alle waren mit dünnen, metallenen Stöcken ausgestattet. Sie durchsuchten alles im Dickicht und den kleinwüchsigen Büschen. Der Auftrag lautete: "Suchen nach einer Feuerwaffe, vorrangig einem Gewehr". Im Abstand von einem Meter stellte sich die Polizeikette am Waldesrand auf und ging, nach erhaltenem Kommando, langsam und gleichmäßig, immer nebeneinander durch den benannten Waldesabschnitt. Auch das abschüssige Gelände des Steinbruchs hinunter zu dem dort gebildeten kleinen See, sollte durchkämmt werden.

*

Zeitgleich machten sich Peter und Lisa daran, die Treiber in Königswinter und Umgebung aufzusuchen, um sie persönlich zu befragen, ob sie den Toten gekannt hatten. Sie teilten sich die Liste der Personen so auf, dass Peter die Bauernhöfe und die umliegenden Ortschaften, in denen die Treiber ihren Wohnsitz hatten, aufsuchte. Lisa hatte die Aufgabe, die Wohnungen in Königswinter, Bad Honnef und den angrenzenden Orten, anzufahren. Gerade als sie aus dem Haus des dritten Befragten, in der Jakob-Kaiser-Straße, nahe dem Hotel Maritim ankam und wieder in ihrem Auto auf der Rheinallee saß, sah Lisa, Susanne Thiel schräg vor ihr Auto vorbeigehen. Lisa konnte erkennen, dass an der Hauswand ein Schild einer Arztpraxis angebracht war. Frau Thiel ging fröhlich lächelnd auf einen Parkplatz neben dem Haus, stieg in einen Mini Cooper und fuhr langsam auf die Rheinallee. Lisa folgte dem Auto in Schrittgeschwindigkeit, da irgendetwas in ihr Neugierde erzeugte. Als Lisa an dem Haus mit dem Arztschild vorbeikam, erkannte sie, dass es sich um einen Frauenarzt handelte.

»War sie zur Vorsorge dort?« dachte Lisa, als der Wagen vor ihr plötzlich abbog und in Richtung des Innenstadtbereiches fuhr. Ganz langsam und vorsichtig ließ Lisa den Dienstwagen hinter Frau Thiel her rollen, um nicht gesehen zu werden. Nach etwa dreihundert Metern stoppte der Mini Cooper. Frau Thiel stieg aus und Lisa sah, dass die Frau lächelnd in ein Geschäft für Babyausstattung ging. Schnell stieg Lisa, die ebenfalls in der schmalen Straße angehalten hatte aus und beobachtete Frau Thiel, wie diese sich im Bereich der "Erstausstattung" aufhielt und sich einige der Strampler für Neugeborene ansah.

»Ist sie etwa schwanger? Von dem so viel älteren Ehemann?« dachte Lisa, die sich in ihrem Alter mit gerade mal Ende zwanzig nicht vorstellen konnte, mit einem weit über Sechzigjährigen…! »Nein«, dachte sie, »das könnte ja fast mein Opa sein«, und schüttelte den Kopf.

Lisa stieg wieder in ihren Wagen und fuhr zur nächsten Adresse auf ihrer Befragungsliste.

*

53

Peter Ludwig hatte bei seinen Befragungen von einem ehemaligen Landwirt erfahren, dass die Treiber nie wissen, wieviel und welche Jäger an einer Jagd teilnehmen.

»Hätte ich gewusst, dass dieses Arschloch von Dr. Wilhelm Schnösewitz dabei gewesen ist, glauben Sie mir, ich hätte ihn mir persönlich vorgeknöpft. Erschossen hätte ich ihn bestimmt nicht, aber der Mann wäre nicht mehr ohne Blessuren nach Hause gekommen«, erzählte Knut Ollrich.

Auf Nachfragen von Peter Ludwig, warum er so einen Groll auf das Opfer hätte, antwortete dieser:

»Meine Frau war als Sekretärin bei einem der Abteilungsleiter in der Kanzlei des Schnösewitz tätig. Vor einigen Monaten wurde sie aus der Firma rausgemobbt, weil sie nicht mehr gewillt war, etliche Überstunden ohne Ausgleich, zu leisten. Uns fehlt nun das Geld an allen Ecken und Kanten«.

»Herr Ollrich«, fragte Peter, »haben Sie eine Waffe?«

54

»Ich habe Ihnen eben gesagt, dass ich den Mann bestimmt nicht erschossen hätte und nein, ich habe keine Waffe. Sie können gerne im Haus auch ohne Durchsuchungsbeschluss nachschauen«.

»Nein danke«, meinte Peter daraufhin, »das brauchen wir vorerst nicht«. Peter wusste genau, dass er sich, wenn er das Haus durchsucht hätte, strafbar gemacht hätte. Die mündliche Einwilligung hätte der Mann zu einem späteren Zeitpunkt als "nicht gegeben" abtun können. Peter hätte niemanden gehabt, der die Aussage hätte bezeugen können.

*

Peter hatte nun noch zwei Befragungen in den umliegenden Orten Königswinters, zu tätigen, vorher jedoch wollte er in einer Gaststätte in Heisterbach etwas zu Mittag essen. Am Nachbartisch saßen zwei einheimische Männer, die sich über den Jagdunfall am Steinbruch unterhielten. Einer der beiden meinte:

»Wenn das mal wirklich ein Jagdunfall war. So etwas kann man ja auch planen und es wie einen Unfall aussehen lassen«.

55

Peter hörte eine Weile dem Gespräch zu, bis er höflich fragte:

»Entschuldigen Sie bitte, dass ich mich einmische, aber ich habe zufällig ihr Gespräch mitgehört. Ich habe keine Ahnung von der Jagd, frage mich aber, wieso bei einer Jagd zweierlei Gewehrtypen eingesetzt werden? Einmal mit Schrot und einmal mit normaler Munition? «

Beide Männer fingen an zu lachen. Einer meinte leise zu dem anderen: »Wieder so ein Scherzbold, - keine Ahnung vom Jagen, aber immer mitreden wollen«.

Einer der Männer rückte seinen Stuhl näher an Peters Tisch und meinte: »Also das ist so, die Büchse mit Schrot wird für das Niederwild, wie Füchse und Hasen genommen. Mit der Flinte verschießt man eine Patrone, die für große Tiere, wie Wildschweine, Rehe und Hirsche genommen wird«.

Interessiert hörte Peter zu, vor allem, als der andere, der ebenfalls mit seinem Stuhl näher gerückt war, meinte: »Mit der Flinte schießt man hier aber auch auf Ratten. Wissen Sie? Hier in der Gegend gibt es seit den

56

achtziger Jahren vermehrt Ratten. Damals war unten in Königswinter noch der "Sauftourismus" angesagt. Da kamen ganze Busladungen und große Schiffe mit Touristen, die extra angekarrt wurden, um hier in Königswinter Wein zu saufen. Hier war damals die Zeit der Tanzschuppen wie "Bobby" oder "Bergterrassen". Da wurde dann getanzt, gesoffen und "abgeschleppt". Für die Einheimischen hier, war das widerlich, - für die Gastronomie ein gutes Geschäft. Die Massen an Touristen haben dann hier in den umliegenden Dörfern übernachtet oder einfach auf den Parkplätzen in den Autos geschlafen und ...«

die beiden Männer schauten sich an und nickten sich zu.

»Na ja«, sprach der andere dann weiter, »diese Horden an Menschen haben dann aber auch vermehrt Speisereste auf den Waldparkplätzen oder einfach nur am Ortsrand liegengelassen. Über die Jahre hinweg merkten sich das auch die Ratten, die sich dann hier in bestimmten Gebieten niederließen. Die Touristenwelle ist nun weg, da es die Tanzpaläste nicht mehr gibt, - die Ratten aber sind geblieben«.

57

»Und die werden jetzt von den Betroffenen mit Gewehren gejagt?« fragte Peter neugierig.

»Na ja, - nicht jeder Betroffene hat ein Gewehr, - aber beim Onkel Willi kann sich jeder, den er kennt, sein Gewehr für die Rattenjagd ausleihen«.

»Das ist ja sehr interessant«, meinte Peter, der inzwischen aufgegessen hatte und den letzten Schluck Fanta getrunken hatte, »wo findet man denn den "Onkel Willi"?«

Die beiden Männer schauten sich an, rückten ihre Stühle wieder zurück an ihren Tisch und jeder nahm sein Bierglas in die Hand. Sie prosteten sich zu und meinten: »Das wissen wir nicht. Das wissen nur die Einheimischen. Sie können ja nicht von hier kommen, sonst würden Sie nicht fragen«.

Nun rückte Peter seinen Stuhl näher an den Tisch der Beiden. Aus der Innentasche seiner Jacke zog er seinen Dienstausweis und legte ihn mitten auf den Tisch.

»Nun mal raus mit der Sprache«, meinte er, »wo finde ich diesen Willi?«

58

Die Männer schauten verdutzt auf den Ausweis und lasen laut "Kriminalpolizei". Dann drehten sie ihre Köpfe in Richtung des Wirtes, der hinter dem Tresen stand und Gläser polierte.

»Onkel Willi heißt eigentlich gar nicht Willi«, sagte der Wirt mit tiefer und fester Stimme. »Der heißt Rüdiger Reich. Er hat hier im Ort vor vielen Jahren den Spitznahmen Willi bekommen, weil er früher mal ein reicher Mann war und hier immer rumtönte, "ich will". Ich will einen Porsche, ich will mehr Land für mein Vieh, ich will zwei Frauen für meinen Haushalt und so weiter. Onkel Willi war hier mal einer der großen Bauern, bis seine Söhne nach Köln und Hannover abgewandert sind. Nach und nach ist der Hof kleiner geworden und Rüdiger ruhiger. Manchmal kommt er noch ein Bier trinken, - aber selten«.

»Und wo wohnt er? « fragte Peter erneut.

»Hier die Straße hoch in Richtung Bellinghauserhohn, dann links in die Thomasberger Straße. Auf der rechten Seite liegt sein Hof«.

»Danke«, meinte Peter. Er bezahlte und verließ die Gaststätte, um dem "Onkel Willi" einen Besuch

59

abzustatten. Er wollte wissen, ob er sein Gewehr in den letzten Tagen verliehen hatte.

*

Das Telefon klingelte mehrmals hintereinander. Rüdiger Reich hörte es nicht. Er war in die Scheune neben seinem Wohnhaus gegangen und stellte eine Leiter so hin, dass er den höchsten Punkt der Scheune, einen Querbalken, der die Konstruktion des Heubodens hielt, erreichen konnte. Er war die quälende Einsamkeit leid. Es interessierte niemanden mehr, ob er Probleme hatte, ob er gesund war oder ob er seine laufenden Kosten noch begleichen konnte. Seine Frau war vor vier Jahren an Krebs verstorben und seine Söhne waren nicht einmal zur Beerdigung gekommen. Seine Enkelkinder durfte er nicht sehen. Angeblich sei ein Umgang mit ihm nicht erwünscht, da er andauernd seine anstrengende Meinung über das Leben äußere. Rüdiger Reich knotete ein langes Hanfseil an den oberen Balken fest. Früher hatte er das Seil immer benutzt, um seinen Bullen zu fixieren, wenn der Tierarzt diesen untersuchen musste. Das andere Ende des Seils formte er zu einer Schlinge, die er ebenfalls fest verknotete. Er legte sich die Schlinge um den Hals,

60

schaute sich noch einmal mit Tränen in den Augen im Stall um und stieß die Leiter mit den Füssen weg.

*

Peter rollte mit seinem Dienstwagen in den Hof von "Onkel Willi". Als er ausstieg hörte es das Telefon leise durch das gekippte Fenster neben der Eingangstüre klingeln. Er ging auf das Gebäude zu und schellte an der Klingel auf der handschriftlich geschrieben, der Name "Reich" stand.

»Na«, dachte sich Peter, als er sich umdrehte und sich auf dem Hof umsah, »reich sieht das hier aber nicht mehr aus«. Er sah auf einen alten rostigen Trecker, der neben dem Haus stand. Verbeulte blaue Plastiktonnen, die sicher irgendwann mal als Futterbehältnisse benutzt wurden, jetzt jedoch von Spinnen und anderen Insekten als Unterschlupf verwendet wurden. Er sah Plastikplanen, die wahrscheinlich so groß waren, dass sie große Heuberge abdecken konnten, die nun jedoch nur an zwei Seiten mit Plastikschnüren gehalten, im Wind flatterten.

61

»Hallo« rief er laut, als er das zweite Mal schellte, »hier ist die Polizei. Machen Sie mal die Türe auf. Ich weiß, dass Sie da sind«. Schließlich hatte er das Telefon klingeln gehört. Es muss also jemand den Hörer abgenommen haben, da es plötzlich nicht mehr klingelte. Dass der Wirt der Gaststätte, in der er eben war, Rüdiger Reich angerufen hatte, um den Besuch des Kommissars anzukündigen und ihm sagen wollte, er solle sein Gewehr schnell verstecken, wusste er natürlich nicht. Auch wusste er nicht, dass der Wirt mindestens zwanzig Mal hatte klingeln lassen, bevor er auflegte, da er annahm, Reich sei nicht zu Hause. Peter Ludwig klingelte ein drittes Mal. Dieses Mal hämmerte er allerdings auch mit der Faust gegen die Haustüre. Gerade als er sich von der Türe abwendete, um einmal ums Haus zu gehen und vielleicht ein offenes Fenster zu finden, durch das er ins Hausinnere rufen könnte, kam ein alter Toyota HiLux, ein Geländewagen, auf dem man viel transportieren konnte, auf den Hof gefahren. Knut Ollrich stieg aus, griff mit dem rechten Arm auf die Ladefläche des offenen Pritschwagens und nahm ein Gewehr in die Hand. Er hielt es lässig, wie in alten Cowboyfilmen, mit dem Lauf nach unten. Er schlenderte in Richtung des Wohnhauses. Da ihn die tiefstehende Sonne stark blendete, konnte er Peter Ludwig nicht erkennen. Dieser nahm, als er das Gewehr sah, vorsichtshalber seine Walther PPK in die Hand und rief.»Herr Ollrich, legen Sie die Waffe vorsichtig auf den Boden und heben Sie die Hände hoch. Hier ist die Polizei«.

Ollrich, der sichtlich erschrocken war, nahm jetzt die Umrisse des Beamten wahr. Er ließ die Waffe zu Boden fallen und hob seine Hände.

»Gehen Sie jetzt langsam drei Meter vom Wagen und der Waffe weg«, rief Peter, der mit vorgehaltener Waffe auf Herrn Ollrich zuging. Als er neben dem Gewehr stand, schubste er dieses mit seinem linken Fuß noch ein wenig zur Seite, so dass es weiter von dem Mann, der noch immer seine Hände erhoben hielt, entfernt war. Als er sich bückte, das Gewehr in die Hand nahm und seine Dienstwaffe wieder einsteckte, meinte er:»Sie können die Hände jetzt runternehmen. Herr Ollrich, als ich eben bei Ihnen war, sagten Sie, Sie hätten kein Gewehr. Was ist das hier? « Peter hielt das Gewehr hoch.

63

»Das gehört mir doch nicht. Ich hatte es mir von "Onkel Willi" geliehen, um Ratten zu jagen. Gerade wollte ich es zurückbringen«.

Peter schaute sich das Kaliber an. »Das ist Kaliber 7.62, das muss ich sicherstellen und zur KTU mitnehmen«, meinte er.

»Wo ist denn Onkel Willi? Der muss doch wissen, dass Sie das Gewehr jetzt mitnehmen«.

Beide schellten noch einmal an der Haustüre, bevor sie um das Gebäude gingen und die offenstehende Scheune sahen. Sie gingen hinein und sahen den leblosen Körper des Rüdiger Reich am Seil hängen.

Peter Ludwig informierte sofort die Spurensicherung, um feststellen zu lassen, ob Fremdeinwirkung vorlag. Danach informierte er Thekla, die mit Robert in der Königswinterer Metzgerei gerade damit beschäftigt war, Herrn Franz Kuhl nochmals zu befragen. Thekla gab Peter den Auftrag, er solle vor Ort bleiben und das Ergebnis der Spusi abwarten, sie aber danach informieren, wenn es sich um Mord handeln würde. Als die Spurensicherung nach zwanzig Minuten eintraf und die Leiche untersuchte,

64

ging Peter mit den, in der Hosentasche gefundenen Schlüsseln, ins Haus. Dort fand er auf dem Küchentisch neben einer halbleeren Flasche Wein, einen Abschiedsbrief, gerichtet an seine Söhne. Es stand nun also fest, - es war Selbstmord.

*

Thekla unterrichtete Robert, mit dem sie in eine Ecke des Büros gegangen war, über den Vorfall, den Peter gerade gemeldet hatte. Sie ging erneut zum Schreibtisch, an dem Herr Kuhl saß.

»Sie behaupten also immer noch, Sie hätten sich mit Herrn Dr. Schnösewitz gewissermaßen ausgesöhnt, nachdem er doch angeblich und maßgeblich daran schuld war, dass Ihr Unternehmen in Insolvenz gehen musste? « fragte Thekla und musterte die Gesichtszüge des Mannes genauestens, da es bei Befragungen, so hatte sie in ihren Fortbildungen immer wieder gelernt, darauf ankam, die Mimik und die Augen des Befragten sehr genau zu beobachten.

»Ja, verdammt nochmal«, sagte er laut und schlug dabei mit beiden Händen auf die Tischplatte des monströsen Schreibtisches aus Mahagoni. »Nach

65

langen Gesprächen mit meiner Frau musste ich ja einsehen, dass letztendlich ich es war, der die Überprüfung der Geschäftsunterlagen bei ihm beauftragt hatte. Ich war es, der den Bericht brauchte, um ihn bei der Bank vorzulegen und ich war es, der ihm viel Geld geboten hatte, wenn er das Prüfungsergebnis zu meinen Gunsten abändern würde«.

»Wie jetzt? « fragte Thekla erstaunt.

Herr Kuhl senkte den Kopf und gab kleinlaut zu: »Ja, ich habe ihm einhunderttausend Euro geboten, wenn er den Bericht fälschen würde. Es ging schließlich um ein Darlehen in Höhe von fast einer Million Euro«.

»Eine Million Euro? « Robert pfiff durch die Zähne.

Franz Kuhl nickte, »es sollte der modernste Zerlegebetrieb in Nordrhein-Westfalen werden«, meinte er zerknirscht.

»Dafür kann man schon mal schnell einen Mord begehen«, meinte Robert provozierend.

66

»Aber ich war es nicht«, schrie Kuhl. »Was hätte ich denn für ein Motiv haben sollen? Der Drops war doch gelutscht«.

»Da hat er natürlich absolut recht«, dachte Thekla, »was hätte er für ein Motiv gehabt«.

»Wo haben Sie denn Ihre Jagdwaffen gelagert? « wollte Thekla wissen. »Haben Sie auch eine Waffe für Kaliber 7.62? «

»Nein, mit dem Kaliber jage ich nicht. Kommen Sie mit, die Waffen sind ordnungsgemäß im Gewehrschrank im Keller aufbewahrt, getrennt von der Munition«, meinte Herr Kuhl, der aufstand und Richtung Türe ging.

Thekla nickte Robert zu, der dem Mann folgte. Auch Thekla wollte die Befragung beenden und nach Sichtung der Waffen, das Haus verlassen, um die Befragung in der Kanzlei des Toten, zu beginnen.

*

67

Das zweigeschossige Bürogebäude war mit verspiegeltem Glas etwas futuristisch wirkend. Irgendwie passte es architektonisch nicht in die Gegend Rhöndorfs, mit seinen gut erhaltenen alten Gebäuden. Eine schwere, aus doppeltem Sicherheitsglas bestehende Eingangstür, wurde von der Rezeption aus, mit einem Summton elektronisch geöffnet. Die Empfangssekretärin der Wirtschaftskanzlei Dr. Schnösewitz mit angegliederter Rechtsanwaltskanzlei, begrüßte die beiden Gäste mit verweinten Augen:

»Guten Tag und herzlich Willkommen. Was können wir für Sie tun«, spulte sie die Begrüßung, wie auswendig gelernt, aber doch professionell freundlich ab.

»Guten Tag«, Thekla und Robert hielten ihre Dienstausweise hoch, »Kriminalpolizei Siegburg, Thekla Sommer und dies ist mein Kollege Robert Hanf. Wir kommen wegen des Todesfalles Ihres Chefs. Er war doch Ihr Chef? « meinte Thekla.

Ramona Köhler nickte, fing aber gleichzeitig heftig an zu weinen. »Ja, er war mein Chef« sagte sie unter Tränen, dass man es kaum verstehen konnte.

»Mein Gott«, meinte Robert zu Thekla, »das muss ja ein toller Chef gewesen sein, wenn ihm so nachgetrauert wird«.

Thekla winkte ab und tat so, als würde sie die Bemerkung ignorieren. Sie spürte, dass da mehr gewesen sein musste, als nur ein Arbeitsverhältnis.

»Möchten Sie sich uns anvertrauen? « fragte sie ganz vorsichtig.

Ramona schaute Thekla mit tränengefülltem Blick an. »Sie werden es ja sowieso erfahren«, schlurzte sie, »wir haben uns geliebt«.

»Wie? « fragte Thekla ungläubisch, »Sie waren ein Paar? «

»Na ja, ein Paar kann man es nicht nennen, aber wir hatten vor vier Monaten was miteinander«

»Können Sie uns das etwas näher erläutern? « meinte Robert, der von Thekla sofort einen strafenden Blick zugeworfen bekam, da Thekla es nicht leiden

69

konnte, wenn Robert so barsch nachfragte. Er hatte einfach kein Feingefühl für Momente, in denen es besser ist zu schweigen und einfach erzählen zu lassen.

Ramona Köhler putzte sich die Nase und mit einem anderen Taschentuch die Tränen von der Wange. »Vor etwa vier Monaten bat mich Wilhelm, ich meine mein Chef, abends etwas länger zu bleiben. Er hatte einen wichtigen Mandanten, dessen Expertise er an dem Tag noch fertigstellen wollte. Ich sollte dann alles schreiben und die Akte zusammenstellen. So etwas hatte er noch nie von einer Sekretärin verlangt. Sie müssen wissen, ich bin nicht nur hier am Empfang, sondern helfe auch im Sekretariat mit aus. An diesem Abend sollte ich also länger bleiben. Ich muss gestehen, ich hatte mir viele Gedanken gemacht und war der Meinung, er könne vielleicht auch etwas anderes von mir wollen. Kurz vor dem anberaumten Termin ging ich in den Toilettenbereich, zog meinen BH aus und ließ an der Bluse die oberen drei Knöpfe offenstehen. Ich schminkte meine Lippen nach, legte frisches Parfüm auf und ging in sein Büro. Er bat mich, ihm gegenüber Platz zu nehmen, wobei er aber in seinen Akten vertieft war.

70

»Schauen Sie sich das hier genau an«, meinte er, ohne seinen Blick von den sorgfältig geordneten Unterlagen zu nehmen, »es muss genau in dieser Reihenfolge in dreifacher Ausfertigung kopiert und geheftet werden«. Ich stand also von meinem Platz auf und stellte mich links neben den Schreibtisch, Herrn Dr. Schnösewitz zugewandt. Als er mir mit dem Finger auf den Unterlagen etwas verdeutlichen wollte, beugte ich mich tief in Richtung der Unterlagen hinunter. Dabei öffnete sich, genau wie ich es wollte, meine Bluse, sodass mein Busen hervorlugte. Jetzt erst schien Wilhelm den Geruch des Parfüms und den Anblick meiner weiblichen Rundungen zu bemerken. Es entwickelte sich ein sehr angenehmes Gespräch, wie in einem Büro nicht üblich und hinterher liebten wir uns auf dem zweiten Schreibtisch in seinem Büro«.

»Aha«, dachte Thekla, »dann ist diese Frau wohl der Grund, weshalb Frau Schnösewitz bei unserem Besuch, so geweint hatte. Ihre Vermutung, es könne sein, dass ihr Mann eine Affäre hätte, war richtig.

»Ist das denn öfter vorgekommen, ich meine danach noch? « fragte Thekla.

71

Ramona schüttelte den Kopf und weinte wieder kräftig los. »Er meinte, er sei doch verheiratet und er müsse sich mit allem Zeit nehmen, um seine Frau darauf vorzubereiten«.

»Kein Kuss mehr? Keine zärtliche Berührung? Kein Augenzwinkern beim Vorbeigehen? « fragte Thekla

Ramona schüttelte ihren Kopf und schaute nach unten, so als ob sie ihren Schmerz verbergen wollte. »Er meinte, es sei besser so, damit die Kollegen hier in der Firma nichts von unserem One-Night-Stand mitbekommen«.

»Für sie war es aber kein One-Night-Stand? « fragte Thekla, die den Schmerz der jungen Frau nachvollziehen konnte.

Ramona schüttelte abermals den Kopf, den Blick nach unten gerichtet.

Robert fragte nun, mit ernstem Unterton, »Frau Köhler, wo waren Sie vorgestern morgens zwischen acht und neun Uhr? «

Ramona schaute Thekla hilflos an. »Meinen Sie? ... Meinen Sie wirklich, ich hätte...? «

Thekla war froh, dass Robert diese Frage gestellt hatte, ansonsten hätte sie selber diese Frage stellen müssen. »Das ist eine Routinefrage, die müssen wir stellen. Also, wo waren Sie? «

»Ich hatte mir an dem Tag frei genommen und war bei meiner Mutter im Pflegeheim. Das können Sie gerne nachprüfen«.

Thekla nickte, meinte aber noch, »wir müssen noch zu Ihren Kollegen um sie zu befragen. Dürfen wir ...? « dabei zeigte sie in den Bürotrakt, dessen Flur an der Anmeldung begann.

»Na klar, aber, - sagen Sie denen nichts von... «.

Diesmal schüttelte Thekla den Kopf und meinte lächelnd, »Natürlich nicht«.

*

Nachdem Thekla und Robert die Kanzlei verlassen hatten und festgestellt hatten, dass der Chef einen allgemein seriösen und den Mitarbeitern gegenüber, wohlwollenden Status verkörperte und allgemein gutes

73

Ansehen hatte, hatten sich die beiden Ermittler auch noch die angegliederte Rechtsanwaltskanzlei angesehen und die beiden dort tätigen Anwälte befragt. Recht schnell bewahrheitete sich der erste Eindruck, dass die Beiden nicht nur eine arbeitstechnische Kooperation hatten. Sie sprachen unumwunden bei dem Gespräch über den jeweils anderen, mit "mein Mann". Dies hatte zur Folge, dass sich Robert komplett aus dem Gespräch raushielt. Erst vor der Türe bemerkte er schmunzelnd zu Thekla: »Hast Du das gesehen? Selbst die Socken der Beiden waren rosafarben«.

*

Die Ballistiker der KTU im Siegburger Polizeipräsidium hatten schnelle Arbeit geleistet. Bei der abendlichen Fallbesprechung im Besprechungsraum von Theklas Team, lag das Ergebnis des Projektilvergleichs bereits vor. Fest stand, dass aus der Waffe, die dem verstorbenen Rüdiger Reich gehörte, die jedoch bei Herrn Knut Ollrich sichergestellt wurde, nicht der tödliche Schuss bei der Jagd, abgefeuert wurde. Demzufolge war der Verdacht gegen Herrn Ollrich, der angeblich nur Ratten jagen wollte, wie auch gegen Herrn Rüdiger Reich, den alle "Onkel Willi"

74

nannten, ausgeräumt. Hier stand nämlich der Verdacht im Raum, er könne Herrn Dr. Schnösewitz bei der Jagd aus dem Hinterhalt erschossen haben. Danach sei er mit der Tat psychisch nicht zurecht gekommen und hätte das als auslösenden Moment genommen, seinem Leben ein Ende zu setzten.

»Dann wollen wir mal unsere heute gewonnenen Erkenntnisse zusammentragen und versuchen, eventuelle Täter einzukreisen«, meinte Thekla. »Wir haben heute mit Herrn Franz Kuhl nochmals gesprochen und ihm unterstellt, er habe ein astreines Motiv gehabt, aus Wut über seinen in Insolvenz gegangen Betrieb, sich an Herrn Dr. Schnösewitz zu rächen. Er konnte diesen Vorwurf nur damit entkräften, dass er behauptete, er habe mit seiner Frau darüber Gespräche geführt und eingesehen, dass er es selbst war, der den Stein der Überprüfung ins Rollen gebracht habe. Er hätte für sich entschieden, Herrn Dr. Schnösewitz nicht mehr zu beschuldigen. Warum solle er denn dann noch einen Mord begehen, fragte er uns. Dennoch ist er für mich immer noch einer der Hauptverdächtigen«

75

Sybille Salz, die "gute Seele" des Innendienstes stand auf und schrieb an das, an der Wand angebrachte, Whiteboard

1. Franz Kuhl, - Motiv: Hass

»Weiterhin haben wir in der Kanzlei des Toten seine Empfangskraft und Aushilfssekretärin, Ramona Köhler, kennengelernt. Sie hatte vor vier Monaten einen kurzen One-Night-Stand mit ihrem Chef. Sie erhoffte sich davon mehr, was Herr Dr. Schnösewitz aber augenscheinlich nicht wollte. Vielleicht sollten wir bei der Frau nochmals nachfragen und herausbekommen, wie sehr der Schmerz bei dieser Frau lag«. Thekla schaute in Richtung Sybille. Diese schrieb:

2. Ramona Köhler, - Motiv: Herzschmerz

Peter äusserte sich, als er von Thekla das Wort zugewiesen bekam, dass er bei seinen Befragungen, beziehungsweise bei seiner Mittagspause in dem Gasthaus in Heisterbach, über den "Onkel Willi", der Suizid begangen hatte, erfahren hatte, dass dieser sein Gewehr zur Rattenjagd öfter verliehen hatte. Deshalb fuhr er dorthin, um ihn nach dem Gewehr zu fragen. Den Rest würden sie ja schon wissen. Dennoch sei

Knut Ollrich, der das geliehene Gewehr zurückbrachte, durchaus zu den Verdächtigen zu zählen. Immerhin hatte Herr Schnösewitz, aus "nichtigem Grund", seine Ehefrau entlassen und sie seien nun in erheblicher finanzieller Bedrängnis. Das Gewehr, mit dem geschossen wurde, welches aber immer noch nicht gefunden wurde, hätte er sich auch woanders leihen können.

Sybille schrieb:

3. Knut Ollrich, - Rache

Lisa war an der Reihe, ihre Ermittlungsergebnisse mitzuteilen.

»Die von mir angetroffenen Treiber haben nach ihren Aussagen, den Toten gar nicht gekannt, hatten also somit keinerlei Berührungspunkte. An einer von den angefahrenen Adressen wurde mir gesagt, der Betroffene sei heute Morgen in einen mehrtägigen Urlaub nach London gereist, würde aber nächste Woche Mittwoch zurückerwartet. Einen weiteren Mann hatte sie nicht angetroffen. Er war, so sagte seine Frau zu mir, auf seiner Arbeitsstelle und würde erst abends zurückerwartet. Ach ja, noch etwas, bei der Abfahrt von einem Parkplatz habe ich gesehen wie Frau Susanne Thiel, die Jägerin, aus einer Frauenarztpraxis kam und anschließend ein Geschäft für Babyausstattung aufsuchte. Wahrscheinlich völlig unwichtig, aber ich wollte es erwähnen«.

»Ich denke auch, dass dies nicht so wichtig ist, aber dennoch zeigt es mal wieder, dass Du nicht umsonst meinem Team angehörst. Du bekommst alles mit und zeigst Interesse an Zusammenhängen«.

Lisa wurde rot. Sie war sich unsicher, ob sie das Gesagte nun als Kompliment annehmen sollte oder ob Thekla meinte, sie würde sich manchmal in Unwichtigem verlieren?

Thekla hob noch ein zweiseitiges Schreiben hoch, in dem stand, dass die Durchsuchung des Waldstückes, in dem gejagt wurde, keinerlei Spuren eines Gewehrs erbracht hätte. Auch das Absuchen des Steinbruchs und des Gewässerrandes am Grund des Steinbruchs, mittels einer Drohne, sei ergebnislos abgebrochen worden.

»Gut«, beendete Thekla die Besprechungsrunde, »wir sehen uns morgen früh hier wieder. Wir werden die drei«, Thekla zeigte auf die Namen am Whiteboard,

78

»morgen noch einmal näher betrachten. Sie sind bisher unsere einzigen Ansatzpunkte«.

»Halt«, rief Lisa, »wie ist es denn mit der Frau des Toten? Hätte sie nicht ein mögliches Motiv, wenn ihr Mann wirklich eine Affäre hatte und sie nun vor dem Ende einer Ehe stand? Würde sie dann immer noch im Wohlstand leben? Wären ihre Kinder dann immer noch wohlbehütet und abgesichert? «

»Sehr gute Überlegung«, lobte Thekla, »ich hatte doch recht, mit dem was ich eben gesagt habe«. Sie schaute in Richtung Sybille und nickte. Diese stand nun erneut von ihrem Platz auf und schrieb:

4. Frau Schnösewitz, Motiv: Habgier

Sybille schrieb "Frau", da keiner der Kollegen den Vornamen wusste. Auch Thekla und Robert hatten total vergessen, nach dem Vornamen zu fragen. Wahrscheinlich waren beide so sehr von der weinenden Frau und den trauernden Kindern, gerührt.

*

79

Susanne Thiel war schon fast eine Stunde im Internet krampfhaft bei der Recherche nach Erklärungsversuchen. Ihr Mann hatte sich telefonisch gemeldet und mitgeteilt, dass er seine Arbeiten auf der Plantage in Argentinien beendet hatte und sich nun wieder nach dem schönen vorherbstlichen Wetter in Deutschland sehne.

»Ach ja«, hatte er gesagt, »natürlich auch nach Dir, meine Liebe«,

dabei hatte er gelacht. Er meinte, die fünf Monate seiner Abwesenheit hätten ihm viel Zeit gegeben, über ihre Beziehung zueinander nachzudenken und ihm sei klar geworden, wie sehr er sie und das Essen, welches sie immer bei den unterschiedlichsten Lieferdiensten bestellte, doch vermisste. Er sei bereits gestern Mittag in Buenos Aires abgeflogen und nun beim Zwischenstopp in Berlin. Morgen Vormittag wäre er dann am Köln/Bonner Airport. Sie brauche sich allerdings wegen einer Abholung nicht zu sorgen, er würde sich ein Taxi nehmen.

80

»Nein«, hatte sich Susanne Thiel gedacht, »um die Abholung brauche ich mich nicht zu sorgen, - aber um die Erklärung, warum ich im vierten Monat schwanger bin«.

Konsul Hendrik Thiel war bereits Anfang Mai auf seinen Landsitz in Argentinien aufgebrochen. Er wollte nach dem rechten seiner Plantagen sehen und gleichzeitig über die junge Ehe nachdenken, die er im Überschwang seiner Gefühle, mit einer dreißig Jahre jüngeren Frau, eingegangen war.

Das Internet brachte keinen annähernd vernünftigen Lösungsansatz. Ihr Mann war nicht von "Dummhausen" und er konnte sehr gut mit Zahlen umgehen. Es würde nicht lange dauern, bis er Fragen stellen würde. Schließlich war es jetzt die dritte Woche im September, und sie war in der fünfzehnten Schwangerschaftswoche, ihr Wilhelm jedoch schon neunzehn Wochen von zu Hause fort. Als letztes wollte Susanne Thiel nun noch in Foren nachschauen, in denen verzweifelte Frauen nach Rat fragten.

*

81

Thekla hatte im Besprechungsraum gerade die Pläne für den Tag vergeben. Peter Ludwig hatte die Aufgabe bekommen, dem "kuhlen Franz", wie der Metzger aus Königswinter genannt wurde, nochmals geschickt zu befragen. Lisa war dafür vorgesehen, bei der Empfangskraft, Ramona Köhler, zu recherchieren, ob sie vielleicht doch jemanden für die Tat am Steinbruch Weilberg, beauftragt hatte. Thekla und Robert wollten die Befragungen bei Knut Ollrich, dem Ehemann der entlassenen Sekretärin und bei Frau Schnösewitz, der Witwe des Wirtschaftsprüfers, noch einmal intensivieren.

»So, - auf ans Werk«, hatte Thekla in die Runde gesagt, bevor alle aufstanden um den Besprechungsraum zu verlassen. Als letztes gingen Thekla und Robert, der es sich nicht verkneifen konnte, den unter Theklas neuer Hose keck abgezeichneten Po, zu tätscheln. Thekla quittierte das mit einem, für Robert nicht sichtbarem, wohlwollenden Lächeln.

»Einen Moment bitte, Thekla.« Alfred Bollenkamp kam den beiden Ermittlern der Dienstgruppe II auf dem Flur entgegen. Neben ihm ging ein Mann, in einer stonewased Jeans und hellbraunem Cordsakko, wie es

82

vor dreißig Jahren einmal modern war und ihr Vater es möglicherweise auch so getragen hatte. Außerdem hatte er gelbe, kunstlederne Halbschuhe an. Die Socken konnte man nicht erkennen, was bei den augenscheinlichen Stilbrüchen, die zu sehen waren, wahrscheinlich auch gut war.

»Ah, - ein Zeuge in unserem Mordfall? « fragte Thekla, die dem Mann freundlich und mit ausgestreckter Hand entgegenschritt.

Der Mann schaute irritiert den neben ihm stehenden Fred Bollenkamp ins Gesicht. Dieser lachte nur und meinte zu Thekla: »Nein, werte Kollegin«, - Thekla ahnte Schlimmes, so hatte er sie noch nie genannt, »das ist unser neuer Kollege, Felix Bähr. Er ist uns vom Innenministerium zugeteilt worden. Herr Bähr ist Polizeipsychologe und soll uns nun, für immer«, Fred verdrehte die Augen, was er aber mit abgewandtem Gesicht tat, »tatkräftig unterstützen. Man ist der Meinung, ab sofort sei es notwendig, bei jedem Polizeipräsidium mindestens einen Polizeipsychologen zu installieren. Bei den wachsenden Herausforderungen, denen wir in der täglichen Arbeit

83

begegnen, ist das ja auch gar kein so schlechter Ansatzpunkt«.

»Ja, also, - dann herzlich willkommen«, meinte Thekla, streckte ihre Hand nochmals zur Begrüßung aus und schlich sich mit den Worten, »wir müssen jetzt allerdings zum Einsatz, - wir sehen uns bestimmt später noch«, an Felix Bähr, vorbei. Robert musste sich beeilen, da Thekla ihren schnellen Schritt eingelegt hatte und bereits im Aufzug stand und den >Tür zu<- Knopf gedrückt hatte. Sie wollte nicht länger als nötig diesem provozierenden Verhalten ausgesetzt sein.

»Was war das denn gerade? « fragte Robert, der es noch durch die, sich schließende Aufzugtür, geschafft hatte. »Wollte der uns veräppeln? In so einem Aufzug stellt man sich doch nicht seinen neuen Kollegen vor«.

Thekla schaute Robert gelangweilt an.

»Mein Schatz«, meinte sie, »der Mann ist Psychologe. Der weiß ganz genau was er tut. Mit so einem Aufzug will er provozieren und in dem Gesicht des Gegenübers lesen, welche Reaktion er erzeugt. So macht er sich den ersten Eindruck von den Leuten. Schatz, - das ist Psychologie für Anfänger. Wenn der

84

mich durchschauen will, muss er schon andere Geschütze auffahren. Dennoch, - für die Kollegen der Schutzpolizei, die sich vermehrt den pöbelnden Angriffen verschiedener Gruppierungen stellen müssen, ist die Entscheidung einen hausinternen Psychologen zu haben, nicht schlecht. Auch kann ich mir sehr gut vorstellen, dass er uns Zivilbeamten sicherlich hin und wieder helfen kann. Ich denke da zum Beispiel an posttraumatische Belastungsstörungen«.

*

Alle Einsatzkräfte der Dienstgruppe II waren unterwegs zu den am Vortag besprochenen Vernehmungen. Peter zu Franz Kuhl, dem als Mordmotiv "Hass" zugeordnet worden war, Lisa Drollig zu Ramona Köhler, der als Motiv "Herzschmerz" zugeordnet wurde und Thekla mit Robert zu Frau Schnösewitz, der als Motiv "Habgier" vermutet wurde. Alle waren zeitgleich vom Präsidium losgefahren und waren ebenso fast zeitgleich an ihren Einsatzorten.

*

85

Die Tasse mit dem frisch geholten Kaffee über den Flur balancierend, hörte Alfred Bollenkamp sein Telefon im Büro klingeln. Nun beeilte er sich und öffnete seine Bürotüre, wobei er in der Eile die Tasse zu schnell bewegte und etwas überschwappte.

»Verdammt nochmal«, fluchte er, da er sich versehentlich etwas Kaffee über die Hand laufen ließ, welcher nun auch noch heruntertropfte und den hellen Teppichboden seiner Auslegware, die er sich als Leiter der drei Mordkommissionen gegönnt hatte, beschmutzte.

»Bollenkamp, guten Morgen« rief er in den Hörer, als er diesen endlich am Ohr hatte. Der Anrufer hatte jedoch bereits wieder aufgelegt. Anhand der angezeigten Nummer, unter dem Register "verpasste Anrufe", rief er umgehend zurück.

»Elvira Höndgen«, meldete sich jemand.

»Kriminalpolizei Siegburg, Alfred Bollenkamp hier, Sie hatten bei mir angerufen? « fragte Fred.

»Ach, Moment bitte, das war mein Mann. Ich rufe ihn gerade«.

Alfred Bollenkamp pustete angestaute Luft aus seiner Nase. Er betrachtete die drei kleinen Flecken, die er auf dem Boden hinterlassen hatte. Hoffentlich bekamen die fleißigen Reinigungskräfte diese Flecken wieder raus.

»Höndgen hier, Professor Niels Höndgen, guten Tag«, meldete sich nun jemand am anderen Ende«

»Hallo Herr Professor, Sie hatten eben versucht mich zu erreichen? «

»Ja, das hatte ich, aber lassen Sie den Professor bitte weg. Ich bin seit zwei Jahren im Ruhestand und im Privatleben lege ich keinen Wert auf den Titel. Warum ich Sie anrufe? Ich bin immer noch etwas schockiert. Vor ein paar Tagen hatte ich die Jagd veranstaltet, bei dem ein Mann ums Leben gekommen ist. Ihre Leute bearbeiten doch gerade den Fall, oder? «

»Ja das ist richtig. Soweit ich informiert bin sind auch alle derzeit in dieser Sache unterwegs. Worum geht es denn? «

»Also, - ich hatte die erlegten Tiere zunächst einmal in meine Kühlkammer, hier im Anbau meines Hauses, bringen lassen. Geschossenes Wild muss an Ort und

87

Stelle ausgenommen werden, um dann recht schnell in die Kühlkammer gebracht zu werden. So verlangt es die Jagdvorschrift«.

»Damit kenne ich mich jetzt nicht so aus, aber wenn Sie es sagen, wird es bestimmt stimmen«, meinte Bollenkamp«.

»Als ich eben in die Kühlkammer ging, um die Tiere aufzuteilen, damit jeder Jäger den gleichen Anteil der Gesamtheit erhält, fand ich in der Gefrierabteilung, die der Kühlkammer angegliedert ist, in einer Ecke, seitlich am Schrank angelehnt, ein Jagdgewehr. Dieses Gewehr gehört aber nicht mir und ich weiß auch nicht, wie es dorthin gekommen ist«.

Alfred Bollenkamp überlegte kurz, bevor er meinte: »Bitte nicht anfassen. Ich informiere die Kollegen die bereits in Ihrer Gegend unterwegs sind. Gehen Sie bitte nicht mehr in die Kältekammer und die Gefrierabteilung«.

»Ja, ist gut. Ich erwarte dann Ihre Kollegen. Dankeschön«.

»Ich habe Ihnen zu danken, Herr Höndgen. Sie haben vorbildlich reagiert, als Sie uns sofort

88

verständigten. Auf Wiederhören«. Alfred legte den Hörer auf, um ihn sofort wieder hoch zu nehmen und Tekla zu informieren.

Robert war schon ziemlich verärgert aus Theklas Twingo ausgestiegen, der nun vor dem Anwesen der Familie Schnösewitz, in Bonn-Rüngsdorf, stand. Er ärgerte sich, dass Thekla nicht an der Bäckerei angehalten hatte, an der sie eben vorbeigekommen waren, dabei hätte er sich gerne zwei belegte Brötchen geholt.Thekla wollte gerade aussteigen. Sie hatte den Schlüssel aus dem Lenkradschloss abgezogen und die Fahrertüre geöffnet, als ihr Handy klingelte. Sie sah auf dem Display die Nummer von Fred.

»Alfred, - was gibt es? « fragte sie, als sie die grüne Taste am Smartphone betätigt hatte.

Bollenkamp erzählte Thekla in wenigen Worten von dem Telefonat des Jagdveranstalter. Dann meinte er, »ich schicke die Spurensicherung sofort los. Herr Höndgen habe ich angewiesen, nichts mehr in den Räumen zu berühren und auch nicht hineinzugehen«.

»Ist in Ordnung, dann fahren wir auch sofort dahin. Danke für die Info«.

89

Thekla betätigte zwei Mal kurz die Hupe, da Robert schon vorgegangen war und fast die Haustüre erreicht hatte. Dann winkte sie ihn zurück zum Auto. Als er die Beifahrertüre öffnete, erzählte Thekla ihm von Freds Anruf. Mit den Worten, »aber jetzt hältst Du bitte an der Bäckerei an«, stieg Robert ein und Thekla fuhr in Richtung der Rheinfähre von Bonn-Mehlem nach Königswinter. Vorher hielt sie an der Bäckerei auf der Konstantinstraße an.

*

Die Kollegen von der Spurensicherung waren mit ihrem Mercedes-Vito recht schnell über die Autobahn gefahren und waren gerade dabei, vor dem Haus der Familie Höndgen, ihre weißen Einmaloveralls anzuziehen. Thekla wunderte sich, als sie die Kollegen sah. »Hatte die Warterei auf die Fähre so viel Zeit gekostet? « fragte sie Robert, der gerade das zweite Brötchen verspeist hatte und dabei einige Krümmel im Fußraum des Wagens hinterlassen hatte. Robert nickte heftig, da er den Rest des Brötchens in den Mund geschoben hatte. Thekla schaute ihn an, - dann auf den Boden vor ihm und bekam fast einen Wutanfall.

»Dir ist schon klar, dass Du heute Abend den Wagen komplett aussaugst?« fragte sie.

Robert riss die Augen weit auf. »Komplett?« fragte er, »ich habe doch nur hier unten …«

»Komplett«, unterbrach ihn Thekla, »Strafe muss sein«. Thekla stieg aus dem Wagen und Robert folgte ihr kopfschüttelnd.

»Das sehen wir noch«, dachte er.

Ein Kollege der Spusi kam bereits wieder aus dem Haus. Er hielt ein Gewehr in der Hand, das mit einer schwachen Eisschicht überzogen war.

»Das stand in der Gefrierkammer und ist sehr vereist. Bevor wir da Fingerabdrücke nehmen können, muss es erst einmal abtauen«, meinte er und wollte es im Wagen der Spurensicherung ablegen. Thekla jedoch schaltete schnell.

»Kann man die Seriennummer erkennen?« fragte sie, »die muss doch registriert sein«.

Der Kollege drehte das Gewehr und las die eingravierte Nummer vom Gewehrlauf ab. Daraufhin gab Thekla den Zettel, auf dem sie die Nummer notiert

91

hatte Robert und sagte, er solle die Nummer bei dem nationalen Waffenregister abfragen. Einige Minuten später kam er wieder und meinte:

»Die ist auf Doktor Wilhelm Schnösewitz eingetragen«.

Thekla runzelte die Stirn, als sie fragte:

»Lag der nicht bäuchlings auf seiner Waffe, als wir ihn gefunden hatten? «

Robert nickte. »Unter seinem Namen sind im Waffenregister drei Jagdgewehre eingetragen. Das Gewehr dort ist eines von denen«, meinte er.

Thekla kombinierte, dann dachte sie daran, was ihr Vater, ein ehemaliger Hauptkommissar der Bonner Mordkommission, öfter zu ihr gesagt hatte: »Die drei häufigsten Motive für Mord sind Habgier, Hass und Eifersucht«.

»Wir fahren zurück, dorthin, wo wir gerade hergekommen sind«, meinte sie zu Robert und an die Kollegen der Spusi gewandt meinte sie, »macht Ihr bitte hier weiter und sichert alle Spuren. Sobald Ihr die Fingerabdrücke auf der Waffe gesichert habt, meldet

Euch bitte bei mir, um mir mitzuteilen, ob die schon in einer polizeilichen Datei gespeichert sind«.

*

»Wie gehen wir denn jetzt vor? « wollte Robert wissen, als die Beiden wieder vor der Haustüre von Frau Schnösewitz standen.

»Wir nehmen die harte Tour, lass mich nur machen«, meinte Thekla und klingelte.

Frau Schnösewitz öffnete die Türe. Sie war mit einem Hosenanzug mit kleinblumigem Muster, bekleidet und sah keineswegs wie eine trauernde Witwe aus.

Robert Hanf übernahm die Begrüßung: »Guten Tag Frau Schnösewitz, wir haben da noch einige Fragen an Sie. Dürfen wir reinkommen? «

»Das ist jetzt aber sehr schlecht. Meine Schwiegermutter will gleich kommen. Wir wollen die Beerdigung organisieren. Es wäre mir sehr lieb, wenn Sie morgen … «

Thekla nahm mit einem Schritt die zwei Stufen hinauf zur Haustüre, die Frau Schnösewitz immer noch

93

mit einer Hand festhielt und nur einen Spalt freigab. »Frau Schnösewitz«, sagte sie laut, »wir befinden uns in der Aufklärung eines Mordfalles, da müssen die Planungen die Sie gerade machen wollen, ein wenig zurückstehen. Dürfen wir jetzt reinkommen oder möchten Sie eine Anzeige wegen Behinderung von Ermittlungsarbeiten bekommen? «

Erschrocken über den herben Ton, den Thekla hervorbrachte, wich die Hausherrin zurück. Thekla kam ohne Umschweife sofort auf den Punkt:

»Frau Schnösewitz, wir würden gerne den Waffenschrank Ihres Mannes sehen, ist das möglich? «

»Ja natürlich«, meinte die immer noch irritiert wirkende Frau, »kommen Sie bitte mit in den Keller«.

Im Keller angekommen gingen Sie in einen Raum, an dessen Tür ein handgeschriebener Zettel mit der Aufschrift "Männersache" hing. Im Raum selbst befand sich ein alter hölzerner Schreibtisch, ein Regal mit Aktenordnern und ein Stahlschrank, wie ihn der Gesetzgeber für Waffen vorschreibt. Frau Schnösewitz griff auf den Schrank und fischte den Schlüssel zum Öffnen hervor.

94

»Das ist aber wahrscheinlich auch nicht zulässig«, meinte Robert. »So hat ja jeder Zugriff auf den Waffenschrank«

Die Witwe sah Robert an und zuckte die Schultern, »Mein Mann wollte das so«, meinte sie und öffnete die stählerne Tür.

Im Inneren befand sich eine doppelläufige Flinte, in einem Gewehrständer, der für drei Gewehre ausgelegt war.

Die beiden Kinder, die sich bisweilen in ihren Zimmern aufgehalten hatten, kamen die Treppe herunter und schauten in das Zimmer.

»Geht Ihr am besten wieder nach oben. Eure Mutter kommt gleich zu Euch. Wir haben hier noch etwas Wichtiges zu bereden«, meinte Robert.

Die Kinder schauten die Mutter fragend aber auch ängstlich an. Diese nickte und bestätigte die Aussage von dem Kommissar.

Thekla setzte die Befragung fort: »Frau Schnösewitz, wie man sieht, ist das ein Waffenschrank für drei Gewehre. Eins steht dort drin, eins war bei

95

Ihrem Mann als er erschossen wurde, - wo ist das Dritte? «

Die Frau schaute ängstlich von einem zum anderen. Dann sagte sie beinahe tonlos: »Wahrscheinlich hat es mein Mann mitgenommen oder es liegt noch im Auto? «

Thekla schaute Robert an, bevor sie die Frau mit den Tatsachen konfrontierte. Dabei spekulierte sie etwas darauf, jetzt ein Überraschungsmoment zu nutzen:

»Frau Schnösewitz«, begann Thekla nun in einem scharfen, durchdringenden Tonfall, »wir wissen wo das Gewehr ist. Wir haben es in der Gefrierkammer des Herrn Niels Höndgen gefunden, dem Mann, der Ihren Mann zu seiner Jagd eingeladen hatte. Es ist zwar total vereist, aber die Spezialisten der Kriminaltechnik werden daran Fingerabdrücke sichern können. Da Sie wussten, wo sich der Schlüssel zum Waffenschrank befand und Sie, wie Sie uns erzählt haben, Ihren Mann verdächtigten, eine Affäre zu haben und bestimmt Angst vor einer Trennung hatten, kann es vielleicht sein, dass die KTU Ihre Fingerabdrücke finden wird? «

Frau Schnösewitz stand nun in zusammengekauerter Körperhaltung da, den Kopf gesenkt und auf den Boden schauend. Sie schwieg.

»Frau Schnösewitz« sagte Thekla nun laut, »ich habe Sie etwas gefragt.«

Die Frau schwieg immer noch. Selbst als es eine Etage höher an der Tür klingelte und die Kinder die Haustüre öffneten und freudig riefen: »Oma, - Mama komm hoch, Oma ist da«, machte Frau Schnösewitz keine Anstalten, aus ihrer lethargischen Gemütsfassung, ähnlich einer Bewusstseinsstörung, zu erwachen.

»Frau Schnösewitz«, sagte Thekla, »ich nehme Sie vorläufig fest, unter dem Verdacht, Ihren Mann ermordet zu haben. Sie haben das Recht einen Anwalt hinzuzuziehen und sich vorher nicht mehr zur Sache zu äussern. Alles was Sie jetzt sagen, kann gegen Sie verwendet werden«.

Die Frau wurde von Thekla und Robert an beiden Seiten gestützt, die Treppe nach oben geführt. Wie in Trance ließ die Frau alles mit sich geschehen. Selbst als sie im Streifenwagen, der zwischenzeitlich von Robert per Funk angefordert wurde, auf der Rückbank Platz

97

nahm, sagte sie kein Wort und blickte stumm vor sich hin ins Leere.

»Können Sie sich um die Kinder kümmern?« fragte Thekla die Mutter des toten Wirtschaftsprüfers. Diese nickte wortlos und hielt die Kinder an sich gedrückt.

»Was ist denn passiert?« fragte die Großmutter leise.

»Alles zur Sache werden Sie zu einem späteren Zeitpunkt erfahren«, meinte Thekla, bevor auch sie zu ihrem Twingo ging und mit Robert dem Streifenwagen folgte, der nun zum Siegburger Polizeipräsidium fuhr.

*

Im Verhörraum saßen sie sich gegenüber, getrennt von einem großen Tisch, auf dem ein Mikrofon und ein Glas Mineralwasser für Frau Schnösewitz stand. Mit im Raum anwesend, war eine Polizeibeamtin, der im Hause untergebrachten Wache, die schräg links hinter der Beschuldigten saß. Durch die dicke verspiegelte Scheibe schauten vom Nebenraum aus, Robert Hanf, Alfred Bollenkamp und der Psychologe Felix Bähr der Vernehmung zu.

Die Türe zu dem Raum wurde vom Flur aus, kurz geöffnet und Thekla nahm eine schriftliche Notiz entgegen.

»Frau Schnösewitz«, begann Thekla Sommer, »gerade wird mir das Ergebnis der Gewehruntersuchung bekannt gegeben. Die Ballistiker haben herausgefunden, dass es sich um die Mordwaffe handelt. Weiterhin konnten gut brauchbare Fingerabdrücke gesichert werden, die wie es den Anschein hat, von einer Frau stammen könnten. Möchten Sie dazu etwas sagen? «

Frau Schnösewitz, die immer wieder wirkte, als würde sie schweigend in eine andere Welt abtauchen, hob den Blick von der Tischplatte und schaute Thekla an. Ohne merkliche Stimme hauchte sie:

»Ich habe vergessen die Fingerabdrücke abzuwischen«.

Thekla drehte sich auf dem Stuhl um und schaute in die verspiegelte Scheibe, als wolle sie sagen: »Das ist der Anfang eines Geständnisses«.

99

Felix Bähr schaute den neben ihm stehenden Leiter der Gesamtabteilung "Mordkommission", Alfred Bollenkamp an und nickte anerkennend.

»Das hat sie richtig gut gemacht. Diese Eröffnung der Vernehmung war psychologisch einwandfrei«

Fred nahm dieses Lob mit einem Grinsen zur Kenntnis. »Thekla ist eine meiner Besten«, sagte er nur, bevor er wieder durch die Scheibe schaute und dem folgenden Geständnis durch den Lautsprecher lauschte.

Frau Schnösewitz gab an, von ihrem Mann erfahren zu haben, er hätte seit einigen Monaten ein Verhältnis mit einer Frau, die nun ein Kind von ihm erwarte. Seit langem schon würde er die Ehe als langweilig ansehen und nun hätte er den Entschluss gefasst, sich scheiden zu lassen. Viele Nächte habe sie geweint und sich immer wieder gefragt, wie es denn nun weitergehen würde? Müsste sie mit den Kindern aus dem schönen Haus ausziehen? Wieviel Unterhalt würde ihr Mann freiwillig zahlen und wie sehr müsste sie sich mit den Kindern einschränken? Nein, - das wollte sie nicht so einfach hinnehmen. Da kam es ihr sehr gelegen, dass ihr Mann zu der Jagd eingeladen wurde. Am Tattag bat

100

sie eine Nachbarin, die Kinder von der Schule abzuholen, da sie Erledigungen zu tätigen hätte. Als ihr Mann in Jägermontur das Haus verlassenen hatte, ging sie in den Keller, holte das Gewehr und zog sich eine dunkle Hose und eine dunkle Jacke an. Schließlich wollte sie im Wald unentdeckt bleiben. Als die Schießerei los ging, nutzte sie die Gelegenheit. Nach dem tödlichen Schuß, hinter dem Hochsitz stehend, sei sie dann langsam in Richtung Auto gegangen und hatte gesehen, wie eine Frau und ein Mann die geschossenen Tiere in einen Range Rover geladen hatten und abfuhren. Da sie das Gewehr nicht einfach im Wald lassen wollte, sei sie dem Geländewagen gefolgt und hätte gesehen, wie dieser vor dem Haus der Höndgens hielt. Als sie dann sah, dass die Beiden, die Tiere ins Haus brachten, wollte sie die Chance nutzen und das Gewehr in dem Geländewagen verstecken. Leider wären die Beiden zu schnell wieder aus dem Haus gekommen und hätten sie fast entdeckt. Sie schlich sich in den Keller des Hauses und entdeckte die Kühlkammer. Hier, hatte sie sich gedacht, sei die Waffe gut aufgehoben und der Verdacht würde eher auf den Hausherren fallen, als jemals auf sie.

101

»Leider habe ich in meiner Aufregung, die Fingerabdrücke auf der Waffe vergessen«, meinte Frau Schnösewitz zum Abschluss.

Die Türe zum Besprechungsraum wurde mit einem Ruck geöffnet und ein Mann mit Anzug und Krawatte betrat den Raum. Den in der linken Hand haltenden Aktenkoffer, stellte er auf den Tisch und sagte:

»Ludger Rehbein, ich bin der Anwalt der Familie Schnösewitz. Meine Mandantin sagt ab sofort kein Wort mehr«.

»Das braucht sie auch nicht«, meinte Thekla überlegen wirkend, »sie hat bereits ein vollumfängliches Geständnis unter Zeugen abgelegt«, dabei deutete Thekla auf die verspiegelte Scheibe.

*

Zum Abendessen hatte Thekla ihren Sohn David, sowie dessen Freundin Jana und ihren Lebensgefährten Robert, in die "Jägerklause" in Siegburg-Kaldauen eingeladen.

102

Es gab Wildschweinragout mit Knödel und Rotkraut.

ENDE

Rhein-Sieg-Kreis Krimi

Morde mit "VX"

Teil 1/3 - Troisdorf

*Der **elfte** Fall der Kommissarin Thekla Sommer*

© Kersten Wächtler

Es waren bestimmt zwei Dutzend Spatzen, die fröhlich zwitschernd über der Fußgängerzone Troisdorfs ihre Runden zogen und sich an den Resten der Brötchen und Kuchen erfreuten. Die Restaurants, Bäckereien und Eissalons hatten ihre Tische und Stühle an den sonnigen Frühlingstagen nach außen gestellt und freuten sich über regen Zulauf sonnenhungriger Gäste. Thekla Sommer, die Kriminalkommissarin und Leiterin der Dienstgruppe II, der Mordkommission Siegburg, hatte Lisa Drollig, Peter Ludwig, Sybille Salz und ihren Lebensgefährten Robert Hanf, alle in ihrer Dienstgruppe, zum Eis essen eingeladen. Sie saßen alle vor der beliebtesten Eisdiele Troisdorfs und hatten die schönsten Kreationen verschiedener Eisbecher vor sich. Die Einladung erfolgte deshalb, weil sich Thekla vor etwa drei Wochen bei einem Sturz während ihres fast täglichen Fitnesslaufs rund um den Siegburger Michaelsberg, den linken Ellenbogen gebrochen hatte und die Heilung jetzt erstaunliche Fortschritte machte. Im Krankenhaus wurde festgestellt, dass das Radiusköpfchen gebrochen war. Eine Operation wurde von den Ärzten nicht erwägt, da ein Bruch des Typs I vorlag, der erfahrungsgemäß von alleine zusammenwachsen würde. Thekla hatte ihren Arm für die nächsten drei Wochen eingegipst bekommen. Danach hatte ihr der Arzt eine Orthese verschrieben, die eine Bewegung des Arms zwar immer noch stark einschränkte aber durch eine eingebaute Mechanik im Bereich des Gelenkes, endlich kein störender kompletter Gips mehr da war. Da sie also bereits einige Wochen ihren Kollegenkreis nicht mehr gesehen hatte, wollte sie den heutigen Tag nutzen, ihre Freude über den Heilungsprozess mit den Kollegen zu teilen. Es gab auch kein aktuelles Mordgeschehen, das zu lösen war. Die Tische im Außenbereich der Eisdiele waren zu dreiviertel besetzt. Am übernächsten Tisch saß ein teuer gekleideter, gutaussehender junger Mann etwa Ende Dreißig. Seine Markensonnenbrille war in die Haare über die Stirn geschoben. Auch er hatte sich ein kleines Eis, einen Espresso und einen "Fernet Branca" bestellt, schaute jedoch sehr interessiert hin und wieder an den Tisch mit der geselligen und lachenden Runde herüber. Lisa hatte dies bemerkt und flirtete nun ungeniert mit dem Mann. Lisa war mit ihren fünfundzwanzig Jahren das Küken unter den Kollegen der Mordkommission.

Was jeder ihrer engsten Kollegen wusste, war, dass sie bisexuell veranlagt war und sich noch nicht so recht festgelegt hatte. Im Moment, so schien es ihr, war es an der Reihe für einen Mann, der sie wunderbar verwöhnen würde.

»Der ist aber süß«, flüsterte Thekla in Lisas Ohr, nachdem sie sich zu ihr herübergebeugt hatte. Lisa lächelte verschmitzt, nippte an ihrem Cappuccino und schaute blinzelnd zu dem Mann rüber, der seinen Magenlikör anhob und Lisa zuprostete. Lisa lächelte ihn nun breit an, lehnte sich in ihrem Stuhl zurück und spannte ihre Schultern nach hinten, um so, unbewusst, ihre Flirtbereitschaft zu signalisieren. Der Fremde holte aus seiner Herrenumhängetasche ein kleines Etui heraus und entnahm ihm eine e-Zigarette und ein kleines Fläschchen Liquid mit der Aromanote "Feige", wie unschwer auf der Abbildung zu sehen war. Er füllte ein klein wenig des Liquids in den gläsernen Verdampfer der Marke "Nautilus", drehte diesen auf den Akkuträger und genoss den reichhaltigen Dampf, der sich bei jedem seiner Züge entwickelte. Er drehte seinen Kopf wieder in Richtung Lisa und flirtete seinerseits nun unverhohlen mit der jungen

108

Kommissarin. Nachdem der gutaussehende junge Mann sein Eis gegessen und den Espresso getrunken hatte, war ihm, als sei er von dem Anblick Lisas, die seine Aufmerksamkeit sichtbar genoss, wie benebelt. Es schien, als legte sich ein Schleier vor seine Augen. Er konnte nichts mehr richtig erkennen, selbst der Tisch vor ihm bewegte sich scheinbar wie von selbst hin und her. Als er aufstand um kräftiger durchatmen zu können, bemerkte er, dass er starke Schwierigkeiten hatte, Luft in seine Lungen zu pumpen. Er geriet in Panik, drehte sich in Richtung Lisa und fuchtelte mit seinen Armen in der Luft. Zuerst dachte Lisa, er wolle sie zu sich an den Tisch winken, dann jedoch sah sie die Panik in seinen Augen. Sie sprang auf und eilte zu dem Tisch des freundlichen Mannes. Noch ehe Lisa dem Mann helfen konnte, brach er zusammen und fiel auf den gepflasterten Boden.

»Ruf schnell einen Krankenwagen«, rief Thekla in Richtung Robert, als sie Lisa nachstürmte. Auch Peter Ludwig hatte den Ernst der Lage erkannt und eilte den Frauen zu Hilfe. Die anderen Gäste der Eisdiele sprangen von ihren Sitzen auf und bildeten einen weiten Halbkreis um das Geschehen herum. Einige zückten ihr Smartphone, aber nicht um Hilfe zu rufen, sondern um den Vorfall zu filmen und dann möglicherweise direkt ins Netz zu stellen.

Thekla öffnete dem, auf dem Rücken liegenden Mann, die Knöpfe seines Hemdes bis über die Brust, während Lisa, recht professionell den Puls und die Atmung kontrollierte.

»Oh Gott, kaum spürbarer Puls und ganz schwache Atmung«, stellte sie fest.

»Hoffentlich hält er durch, bis die Rettungskräfte hier sind«, meinte Peter.

Knapp zwei Minuten später fuhr der Rettungswagen, der am nahegelegenen St. Josef-Hospital stationiert war, vor.

Die Rettungskräfte übernahmen sofort den erstversorgten Patienten. Der Notarzt, der mit den Rettungssanitätern gekommen war, ordnete die sofortige Verbringung des Mannes in den Rettungswagen an. Er wollte den Mann intubieren, da er nicht eigenständig atmete. Die Türen des Rettungswagens schlossen sich, nachdem der Patient, nun auf eine Bahre verbracht, in den Wagen geschoben wurde. Der Wagen durfte während der Intubation nicht anfahren. Nach etwa fünf Minuten, nachdem sich die Kriminalbeamten bei den Gaffern ausgewiesen und sämtliche Smartphones sichergestellt hatten, öffnete sich die hintere Türe des Rettungswagens und der Notarzt trat heraus.

»Wir konnten leider nichts mehr für ihn tun. Wegen des Herzstillstandes haben wir noch den Defibrillator eingesetzt, - aber keine Chance. Wir haben die Polizei informiert, da es sich um eine unklare Todesursache handelt. Wir müssen die Leiche, natürlich abgedeckt, wieder hier nach draußen bringen, da wir im Rettungswagen keine Leichen transportieren dürfen«.

Thekla zeigte ihren Dienstausweis mit den Worten: »Kriminalpolizei Siegburg, wir werden der Todesursache wohl nachgehen müssen, wenn sie sagen es sei eine "unklare Todesursache"«.

»Wir können keine Fremdeinwirkung durch eine äußere Verletzung feststellen. Der Mann hatte eine gute Konstitution und ein natürlicher Herzstillstand wäre nur nach abzuklärender Vorerkrankung, erklärbar. Deshalb

111

muss ich zunächst eine "unklare Todesursache" diagnostizieren«.

Thekla informierte Alfred Bollenkamp, den Leiter des Siegburger Morddezernats über das Geschehen. Dieser übergab sofort die Ermittlungen an Thekla's Team, da sie sozusagen tatanwesend waren. Weiterhin schickte er sofort die Spurensicherung los und informierte die Bonner Rechtsmedizin, wegen der Planung einer anstehenden Obduktion.

»So«, meinte Robert, die eingesammelten Smartphones in der Hand, »jetzt kommt einer nach dem anderen Eigentümer der Geräte zu mir und löscht, in meinem Beisein, den Hergang des Geschehens«.

Einige der jungen Leute protestierten lautstark.

»Dies ist eine polizeiliche Anordnung. Wenn dieser nicht nachgekommen wird, bleibt das entsprechende Handy in Polizeigewahrsam und wird sobald die richterliche Anordnung da ist, amtlich gelöscht. Die Kosten dafür und den eventuellen Schaden an sonstigen Dateien, gehen dann zu Lasten des Besitzers«.

Einer nach dem anderen kam, löschte das soeben aufgenommene Video unter Roberts strengem Blick

112

und verschwand in geduckter Haltung in der Menschenmenge.

»Hat er mal wieder geblufft«, dachte Thekla grinsend. Die Kosten für eine gerichtlich angeordnete Löschung bestimmter Daten sind aus der Staatskasse zu zahlen. Eine Androhung der Kostenübernahe hat jedoch in den meisten Fällen, bei meist ohnehin finanzschwachen Jugendlichen, den gewünschten Erfolg.

*

Nachdem alle Spuren gesichert waren, wurden von der Spusi nochmals einige Bilder des Tatorts, der einzelnen Spuren und auch unbemerkt, der reichhaltig umstehenden Personen, gemacht. Es hatte sich bereits seit mehreren Jahren als hinweisgebend erwiesen, Aufnahmen von den umstehenden Beobachtern zu machen, da sich hin und wieder der Täter an den sofortigen Folgen seiner Tat ergötzte. Thekla, obwohl sie sich offiziell noch im Krankenstand befand, hatte sich vom Leiter der Spurensicherung die Brieftasche

113

des Toten geben und über den Stand der ersten Erkenntnisse informieren lassen.

»Der Tote heißt Louis Krüger, achtunddreißig Jahre alt, ein in der Schweiz lebender Physiker und gebürtiger Franzose«, teilte Thekla den anderen Beamten ihrer Dienstgruppe mit.

»Moment mal«, fiel ihr Robert ins Wort, »während Deiner Dienstunfähigkeit bin ich als stellvertretender Leiter ernannt worden. Du hast offiziell hier gar nicht zu ermitteln. Das ist meine Aufgabe«, fordernd streckte er seine Hand in Richtung der Brieftasche des Toten.

»Du glaubst doch nicht etwa, dass ich mir den Fall eines verschleierten Tötungsdelikts aus der Hand nehmen lasse, bei dem ich selber zugegen war? « war ihre Antwort. »Das regle ich schon mit Fred persönlich. Bollenkamp hatte im Siegburger Polizeipräsidium den Kosenamen "Fred" bekommen, da Alfred den meisten zu altmodisch erschien.

Resignierend, aber nicht widersprechend, zog Robert seine Hand zurück. Er würde am Abend, wenn sie wieder zu Hause waren, die Sache mit ihr in einem

114

direkten Gespräch klären und nicht hier vor den Kollegen und der Anwesenheit der Umherstehenden.

»Der Tote wird nun in die Rechtsmedizin der Bonner Uniklinik gebracht, um die genaue Todesursache zu ermitteln. Wir müssen jetzt erst einmal von denen, die hier beim unmittelbaren Tatgeschehen saßen, die Personalien feststellen. In Richtung der Kollegen der Spusi fügte sie hinzu:»und von Euch möchte ich schnellstmöglich eine Analyse darüber, was sich in der e-Zigarette und dem kleinen Fläschchen befindet, die dort stehen«, sie zeigte auf den Tisch, an dem der Tote gesessen hatte.

»Welchem kleinem Fläschchen? « wollte der Kollege wissen, der die sichergestellten Asservate einsammelte.

Thekla blickte in Richtung des Tisches und suchte dann mit Blicken, den umliegenden Boden ab.

»Da stand doch eben noch die kleine Plastikflasche mit dem Aromaliquid "Vanille"«.

»Feige«, berichtigte Lisa, die neben Thekla stand, »es war das Aroma "Feige". Lisa hatte sich alles genau gemerkt, was Louis Krüger betraf. Schließlich hatte sie

115

ihn mit den anhimmelnden konzentrierten Blicken einer "Interessierten" angeschaut.

Die kleine Flasche war nirgendwo zu sehen. Thekla winkte den Fotografen der Spurensicherung zu sich, um die digitalen Aufnahmen zu sehen, die vom Tatort und der Umgebung gemacht wurden. Tatsächlich war auf den Bildern zu erkennen, dass auf dem Tisch ein Liquidfläschchen stand. Dies war aber nicht mehr da.

»Wer hat gesehen, was mit der Flasche passiert ist? « wandte sie sich, recht laut sprechend, an die noch anwesenden Passanten, die immer noch vereinzelnd dort standen.

Kopfschüttelnd wandten sich viele ab und gingen nun, nachdem sie persönlich angesprochen wurden, vom Ort des Geschehens weg. Niemand hatte wohl bemerkt, wie sich eine Gruppe von drei heranwachsenden jungen Männern, dem Tisch genähert hatten und den Blick auf die e-Zigarette kurz verdeckten. Sie wollten dieses Teil an sich nehmen, da es recht teuer zu sein schien und sie Lust verspürten, es selber auszuprobieren. Als einer von ihnen gerade danach greifen wollte, drehte sich einer der, mit einem

116

weißen Schutzanzug gekleideten Ermittler in Richtung der Drei. Daraufhin wurde der Zugriff zu dem begehrten Objekt, dem Verdampfer, abgebrochen doch im Rückzug der Hand, griff der Junge schnell und unbemerkt, wenigstens das Liquid an sich.

»Das darf doch nicht wahr sein«, brüllte Robert los, »da klaut einer im Beisein der Polizei, Beweismaterial. Gott sei Dank haben wir die Personalien von den Gästen, die hier saßen«.

Lisa Drollig sah sie als erstes. Die im Schaufenster angebrachte Überwachungskamera des Juweliers, der gegenüber dem Tatort sein Geschäft hatte. Sie ging mit Thekla zu dem Inhaber in den Laden und fragte, im Rahmen polizeilicher Ermittlungen, ob sie einen Blick auf die Aufzeichnungen der letzten zwanzig Minuten werfen dürfe. Der Winkel der Kamera war so eingestellt, dass sowohl die Eingangstüre des Geschäftes, als auch die Auslage seines Schaufensters zu sehen war. Die Vorschrift besagt, dass man als Privatperson, den öffentlichen Verkehrsraum nicht überwachen darf, wenn diese Aufnahmen gespeichert werden. In diesem Fall jedoch zeigte eine kleine Ecke des aufgenommenen Bildes, wie sich drei jugendliche

117

Personen recht schnell mit ihren Mountainbikes von dem mutmaßlichen Tatort entfernten. Leider waren keine Gesichter, sondern lediglich die Kleidung, zu erkennen.

*

»Du kannst doch nicht einfach im Krankenstand eine Ermittlung an Dich reißen«. Alfred Bollenkamp schien sehr aufgeregt, als er in den Besprechungsraum im Polizeipräsidium auf der Frankfurter Straße in Siegburg, ankam und Thekla in einem Meeting mit ihrem Team unterbrach.

Thekla stand von ihrem Platz auf, stellte sich etwa einen Meter breitbeinig, um einen sicheren Stand zu haben, mit zurückgezogenen Schultern und erhobenem Kopf vor ihren Vorgesetzten. So unterstrich sie, unbewusst ihre jetzt folgende Aussage.

»Alfred, - Du glaubst doch nicht, dass ich ein Tötungsdelikt, welches in meiner Anwesenheit passiert, als Dienstgruppenleiterin mir so einfach aus meiner Hand nehmen lasse. Außerdem habe ich mich selber in den Dienst zurückversetzt. Dazu bin ich berechtigt, da auf jeder Arbeitsunfähigkeitsbescheinigung steht: "voraussichtlich bis". Es liegt im Ermessen eines jeden Patienten selber einzuschätzen, wann er sich wieder arbeitsfähig fühlt. Ein Antritt seiner Arbeit beendet dann automatisch die AU. Dies gilt auch für Beamte«.

Bollenkamp senkte den Kopf. »Du bist aber gut informiert«, sagte er, »na gut, meinetwegen, dann – willkommen zurück«.

Peter Ludwig, Lisa Drollig und Sybille Salz klatschten spontan Beifall, unterließen es aber auch schnell wieder, als sie Fred's Blick sahen. Zerknirscht wirkend schloss er die Türe hinter sich, nachdem er den Raum wieder verlassen hatte.

Thekla atmete tief durch. »Dann wollen wir mal zur Tagesordnung übergehen und die Recherchearbeit einteilen. Vielleicht kriegen wir heute Nachmittag noch den Bericht der Laboranalyse des Inhaltes aus der sichergestellten e-Zigarette und den Bericht der Rechtsmedizin. Bis dahin sollten wir aber …«.

Das Festnetztelefon des Besprechungsraumes klingelte.

»Ja«, sagte Thekla kurz angebunden.

119

Sie hörte dem Anrufer konzentriert zu, dann sperrte sie erstaunt den Mund auf und ein kurzes »Oh«, kam über ihre Lippen. »Wir fahren sofort dahin«, sagte sie noch, bevor sie den Hörer auflegte.

»Das war Fred, es ist ein Jugendlicher in Troisdorf nahe der Burg Wissem zwischen dem Kinderspielplatz und dem angrenzenden Wildgehege, auf einer Parkbank sitzend, tot aufgefunden worden. Neben ihm lag, ein halbvolles Fläschchen Liquid mit dem Aroma "Feige". Die Spurensicherung ist schon auf dem Weg dahin. Sieht nach einem Zusammenhang von heute Vormittag aus«.

Fast gleichzeitig standen alle auf und beeilten sich, an den neuen Leichenfundort zu gelangen. Dort angekommen wurden gerade Aufnahmen der Fundstelle gemacht. Einer der Männer der Spusi, kam auf die eintreffenden Kollegen zu und berichtete sofort:

»Kinder hatten ihn gefunden und die Kollegen der Polizeiwache informiert. Armin Stall, sechzehn Jahre, wohnhaft in Troisdorf-Spich. Auf dem Schüler Ausweis steht, dass er Mitglied der Elbstein-Gang ist. Das ist eine Gruppe Jugendlicher Rebellen, die sich gegen die

Verschmutzung der heimischen Gewässer wehrt. Ehemals gegründet in Hamburg, haben sich kleine Ablegergruppen in ganz Deutschland gebildet. Seine Eltern sind schon informiert worden und müssten gleich hier sein«.

»Wer hat sie denn informiert? « wollte Robert erbost wissen »und woher wisst Ihr das mit der Elbgruppe? «

Im Portemonnaie des Jungen war ein Mitgliedsausweis, um anderen die Zugehörigkeit zur Gruppe nachzuweisen. Die haben oft zwielichtige Aktionen gegen öffentliche Einrichtungen durchgeführt und brauchten ein gegenseitiges Erkennungsmerkmal. Alles in allem aber eine "nicht beobachtungsnotwendige" Vereinigung. Da drüben, die beiden Männer kamen hier zufällig her spaziert, als wir mit den Ermittlungen begannen. Sie erkannten ihn als einen, in ihrer Nachbarschaft wohnenden Jungen. Sofort nahm einer der beiden Männer sein Handy und verständigte die Eltern«.

»Das hat uns gerade noch gefehlt. Hoffentlich haben die Eltern keine Mitglieder der Gruppe verständigt, die auch noch hier auftauchen und das Ganze filmen und

121

übers Internet verbreiten. Die benutzen doch alles, um auf ihre "Gewässerschutz Vereinigung" aufmerksam zu machen«.

*

...

Bisher erschienen in dieser Reihe:

Mord in Siegburg

Der *erste* Fall der Kommissarin Thekla Sommer

Mord in Bornheim

Der *zweite* Fall der Kommissarin Thekla Sommer

Mord in Rheinbach

Der *dritte* Fall der Kommissarin Thekla Sommer

Mord in Sankt Augustin

Der *vierte* Fall der Kommissarin Thekla Sommer

Mord im Bonner "Regierungsviertel"

Der *fünfte* Fall der Kommissarin Thekla Sommer

Mord in Siegburg-Zentrum

Der *sechste* Fall der Kommissarin Thekla Sommer

Mord in Wesseling

Der *siebte* Fall der Kommissarin Thekla Sommer

Mord in Hennef/Sieg

Der *achte* Fall der Kommissarin Thekla Somme

124

Mord in Eitorf

Der *neunte* Fall der Kommissarin Thekla Sommer

Mord im Siebengebirge

Der *zehnte* Fall der Kommissarin Thekla Sommer

Demnächst erscheint in dieser Reihe:

Morde mit "VX"

Teil 1 – Troisdorf

Teil 2 – Remagen

Teil 3 – Heisterbach

Der *elfte* Fall der Kommissarin Thekla Sommer

Über den Autor:

Geboren 1958, in der Zeit des Wirtschaftswunders, verbrachte er seine Kindheit, mit zwei Schwestern und zwei Halbbrüdern, in Siegburg und dem ländlichen Windeck. Geprägt von dem idyllischen Umfeld, fühlte er sich in der Stadt nie so recht wohl und er suchte sein soziales Umfeld meist in ländlichen Regionen, wie Rheinbach, Meckenheim, Bornheim oder Herchen/Sieg.

Bereits im jungen Erwachsenenalter fing er an, seine Gedanken schweifen zu lassen und niederzuschreiben. Am Anfang war es mal ein Kinderbuch oder philosophische Zeilen.

127

Als zertifizierter Psychologischer Berater folgte ein psychologisch/spirituelles Werk.

Seit einiger Zeit entspringen Krimis (aus dem Rhein-Sieg-Kreis und dem Rheinland) seinen Gedanken und dem Werk seiner Phantasie. Hier legt er aber besonderen Wert auf umfangreiche, historische Recherche hinsichtlich der Schauplätze seiner Handlungen.